CLOVIS

POÈME EN SEIZE CHANTS,

DÉDIÉ

A M. DE L'ABADIE D'AYDREN

COLONEL DU 94e D'INFANTERIE.

ET SUIVI D'UNE

ODE A NAPOLÉON III

PAR SIMÉON.

PARIS,
LIBRAIRIE MILITAIRE
J. DUMAINE, LIBRAIRE-ÉDITEUR DE L'EMPEREUR,
RUE ET PASSAGE DAUPHINE, 30.

1855

CLOVIS.

PARIS. — IMPRIMERIE DE COSSE ET J. DUMAINE, RUE CHRISTINE, 2.

CLOVIS

POÈME EN SEIZE CHANTS,

DÉDIÉ

A M. DE L'ABADIE D'AYDREN

COLONEL DU 94e D'INFANTERIE,

ET SUIVI D'UNE

ODE A NAPOLÉON III

PAR SIMÉON.

PARIS,
LIBRAIRIE MILITAIRE
J. DUMAINE, LIBRAIRE-ÉDITEUR DE L'EMPEREUR,
RUE ET PASSAGE DAUPHINE, 30.

1855

INVOCATION.

Toi, dont le front est pur comme celui d'un ange,
Qui vécut ignoré sur cette terre étrange,
Muse, réveille-toi! Que tes nobles transports
S'échappent de ta lyre en de mâles accords.
Rappelle-moi ces jours de triomphe et de fête,
Où d'un Dieu tout-puissant le bras, que rien n'arrête,
Renversa de Satan les projets criminels,
Et guida de Clovis les enfants immortels
Dans des champs de lauriers cueillis par la victoire.
France! ce fut pour toi ton plus beau jour de gloire,
Ce jour où, prosterné sur les sacrés parvis,
Saint Remi répandit sur le front de Clovis,
Au nom du Christ mourant, l'eau sainte du baptême,
Et brisa tous les dieux, excepté Dieu lui-même!
Quelle divinité secondera mes chants?
Esprit-Saint, je t'invoque, anime mes accents;

Donne-leur cette ardeur, ce langage de flamme,
Que le souffle divin répandit dans ton âme;
D'un voyageur tremblant guide les faibles pas,
A des temps orageux ne l'abandonne pas.
Et toi, valeureux chef, dont le nom magnanime
De la postérité va franchissant l'abîme,
De mes travaux naissants reçois le faible don;
C'est sous le chêne altier que s'abrite l'aiglon,
C'est contre le rocher battu par la tempête
Que le frêle roseau laisse pencher sa tête.

CHANT PREMIER.

Non loin de ce foyer où des feux comprimés,
Mugissant et roulant en brasiers enflammés,
Par la cime des monts s'échappent de la terre,
Est un gouffre que Dieu creusa dans sa colère
Au jour où, de sa droite, il chassa les méchants,
Comme un froment impur qu'on jette loin des champs.
Là, tous ces oppresseurs des puissances humaines,
Traînant avec dédain la misère et les chaînes,
Maudissent le géant qui les a terrassés
Et jettent leurs regards sur les siècles passés.
Des habits en lambeaux, des couronnes fanées,
Attestent hautement leurs grandeurs détrônées.
La rage et la fureur sont peintes sur leur front;
Un sceau réprobateur d'anathème et d'affront,
Y luit comme un éclair en traits ineffaçables.
Les esprits infernaux, nombreux comme les sables,

Que le flot écumant disperse sur ses bords,
De ce séjour maudit entourent les abords.
Les uns, pareils aux fleurs qu'un souffle fait éclore,
N'en ont plus les parfums, mais sur eux brille encore
Un sourire naissant, un éclat de beauté
Que l'orage des temps semble avoir respecté;
Une auréole d'or environne leur tête.
Les autres, comme un lac battu par la tempête,
Ébranlent de leurs cris les voûtes des enfers,
Et gémissent courbés sous le poids de leurs fers;
Leurs yeux étincelants, que la vengeance anime,
Semblent prêts à lancer la foudre dans l'abîme;
Fidèles messagers du prince des démons,
Plus rapides que l'aigle, ils traversent les monts;
Ennemis des mortels, ils vont d'une main sûre,
Répandre dans leur cœur une semence impure,
Et reviennent, chassés par un vent de malheur,
Au fond de leurs cachots exhaler leur douleur.
Au souvenir confus de leurs splendeurs éteintes
Les démons, de l'enfer ébranlent les enceintes,
Leurs yeux sont inondés d'une larme de sang
Et lancent vers le ciel un regard menaçant :
On entend au lointain leurs voix retentissantes,
Imitant de la mer les vagues mugissantes;
Leurs bataillons s'en vont et reviennent mouvants
Comme un nuage épais que ballottent les vents,
L'abîme seul répond à leurs hymnes funèbres,
Un cri se fait entendre au milieu des ténèbres!
Les esprits infernaux ont reconnu la voix

« Du monarque déchu qui leur dicte des lois :
« Compagnons, leur dit-il, dont l'âme courageuse,
« Poursuit depuis longtemps la fortune orageuse,
« A des malheurs nombreux vous avez survécu,
« Le destin devant vous s'est avoué vaincu ;
« Rien n'a pu retenir votre bras redoutable,
« Si ce n'est l'Eternel dont le poids nous accable.
« Non content de lancer sur nous ses traits cruels,
« Il a voué nos jours à des maux éternels.
« Des malheurs plus grands nous menacent encore !
« Son règne, qui s'étend du couchant à l'aurore,
« Va bientôt enchaîner l'univers à ses lois,
« Et fouler à ses pieds la puissance des rois.
« Faudra-t-il que Clovis par son hymen funeste,
« Détruise en un instant la force qui nous reste,
« En alliant nos dieux à ce Dieu criminel
« Que l'enfer a maudit dans un jour solennel.
« Vaincus, relevons-nous, conjurons sa défaite !
« Que l'hydre terrassée agite encor sa tête.
« Car les temps vont changer ! un avenir certain
« Apparaît à mes yeux comme un phare lointain :
« Les autels du Très-Haut rouleront dans la fange,
« Et ne laisseront d'eux qu'un souvenir étrange.
« Suscitons à Clovis un ennemi puissant,
« Qui détruise du Christ l'empire renaissant,
« Et proclame nos dieux absolus dans son temple.
« Apprenons aux mortels par ce terrible exemple,
« Ce que peut notre bras, ce que nous pouvons tous,
« Pour vaincre les destins déchaînés contre nous.

Il dit, et l'assemblée attentive et muette
Brûle de seconder son vigoureux athlète,
Elle applaudit Satan et pousse un cri profond,
Auquel le sourd écho de l'abîme répond.

CHANT II.

Depuis longtemps le jour avait fait place à l'ombre,
C'était l'heure où, soustraits à leurs travaux sans nombre
Les Teutons oubliaient dans les bras de l'amour,
Les courses, les dangers et les combats du jour.
Un silence profond enveloppait la terre ;
De la cime des monts sortant avec mystère,
Ainsi qu'une déesse au regard gracieux,
La lune s'avançait lentement vers les cieux.
Des nuages pourprés ou blancs comme la neige
Rehaussaient la splendeur de son riche cortége.
A l'éclat vacillant de ses faibles rayons
L'œil découvrait au loin de superbes donjons,
Qui portaient dans les airs leurs structures géantes,
Et défiaient du temps les fureurs menaçantes.
A leurs flancs, un palais élégamment construit
Était là comme une arche échappée à la nuit

De ces siècles obscurs où des hordes infâmes
Brisaient, renversaient tout par le fer et les flammes.
Le long de ses remparts, un soldat vigilant
Allait et revenait d'un pas tranquille et lent,
Prêtant au moindre bruit une oreille inquiète.
Non loin, une cohorte, attentive et muette,
L'air joyeux, l'œil au guet, attendait le réveil
De son roi qui, plongé dans les bras du sommeil,
S'éveillait, assailli par des rêves sans nombre
Qui venaient et fuyaient plus rapides qu'une ombre.
Un mystère à ses yeux venait se dérouler ;
Son trône chancelant et près de s'écrouler
Ne pouvait soutenir le poids de sa couronne.
Un orage éclatant le chassait de son trône.
Il jette autour de lui ses regards furieux,
Un voile impénétrable enveloppe ses yeux ;
Son front est inondé d'une sueur glacée ;
Il se dresse et frémit, sa tête est hérissée,
Son courage abattu cherche en vain un appui,
Et ses genoux tremblants se dérobent sous lui.
Un bruit sourd et profond soudain se fait entendre,
Les portes du palais sont réduites en cendre.
L'écho répète au loin de longs gémissements,
Le palais ébranlé, jusqu'en ses fondements,
S'entr'ouvre et laisse voir une fumée épaisse
Qui, montant, s'abaissant, tourbillonnant sans cesse,
S'étend de toutes parts comme un rideau mouvant,
Cachant l'immensité d'un abîme béant.
Ainsi qu'un matelot suspendu sur les ondes

Et près de s'engloutir sous des vagues profondes.
Germanus, interdit et frappé de frayeur,
Cherche à fuir, mais en vain, ce spectacle d'horreur,
Cédant à ses transports de colère et de crainte,
Il veut pousser un cri, mais sa voix presqu'éteinte
Ne peut articuler que des sons impuissants.
Un délire profond s'empare de ses sens,
Il se roule, mugit, et sa bouche écumante
Autour de lui répand une haleine fumante.
Il veut se relever, mais son corps chancelant
Retombe malgré lui sous un poids accablant.
Aussitôt une voix imposante et sublime
Retentit fortement au milieu de l'abîme :
Germanus est saisi d'une mâle vigueur
Et jette sur l'abîme un sourire moqueur.
Les dangers et la mort ne sont pour lui qu'un rêve ;
Aussi prompt qu'un lion il tombe sur son glaive,
Mais, tout à coup, s'élève un vent impétueux,
L'éclair luit et décrit un sillon sinueux
Dans le fond du palais où retentit la foudre.
Le palais entr'ouvert est prêt à se dissoudre ;
Une noire vapeur enveloppant ses murs
Répand de tous côtés ses miasmes impurs.
Un vieillard au teint pâle, aux yeux creux et livides,
Le front cicatrisé par de profondes rides.
Auprès de Germanus s'avance à pas tremblants ;
Une couronne d'or soutient ses cheveux blancs
Qui tombent avec art sur ses épaules nues.
Par un sceptre de feu ses deux mains soutenues

Se relèvent parfois et semblent, en passant
Chasser de son esprit un souvenir cuisant.
Il pousse un cri ! Sa voix tremblante et presqu'éteinte
Ébranle du palais la sinueuse enceinte.
Il va, mais Germanus, ardent et furieux,
A déjà vu sa proie, et la couve des yeux.
Un désir de vengeance anime son courage :
Léger, sur le fantôme il s'élance avec rage,
Et s'arrête, frappé de crainte et de terreur.
Serait-il le jouet d'une funeste erreur ?
Fasciné, frémissant, haletant, immobile,
Plus tremblant qu'un oiseau sous la dent d'un reptile,
Il regarde le spectre et tombe anéanti.
Un nom à son oreille a soudain retenti !
C'est le sien, Germanus a reconnu son père,
La joie et le respect font place à sa colère.
En maudissant l'enfer, il sourit à ses dieux
Dont le bras a conduit son père dans ces lieux ;
Il le voit, il l'entend : sa voix cadavéreuse
N'est plus comme autrefois forte et majestueuse,
Son œil n'est plus ardent, mais un sceau de grandeur
Brille encore sur lui dans toute sa splendeur.
Étendant sur son front sa main maigre et glacée
Comme pour en chasser une amère pensée,
Le vieillard en essuie une larme de sang,
Et tient à Germanus ce discours menaçant :
« Je bénis du destin la profonde puissance
« Qui vient se révéler ici par ma présence ;
« Mon fils, depuis ce jour où le fer des Gaulois,

« Brisa fatalement le sceptre dans mes doigts,
« Et te fit par ma mort l'héritier de mon trône,
« Tu flétris lâchement les fleurs de ta couronne.
« Dans un riche palais mollement endormi,
« Pourras-tu détourner les traits de l'ennemi
« Qui, bientôt, furieux, inondera tes plaines ?
« Oublies-tu que le sang qui coule dans tes veines
« Est celui qui jadis faisait battre mon cœur,
« Lorsqu'un peuple soumis me saluait vainqueur?
« N'entends-tu les clameurs de ces hordes guerrières
« Qui, longtemps au danger marchèrent les premières,
« Et que ta léthargie accable de son poids ;
« Prêtes à s'élancer au signal de ta voix, ,
« Elles forment des vœux, pour qu'au champ de victoire
« Tu voles conquérir une immortelle gloire.
« Paré de la cuirasse et du casque d'airain,
« Déjà, le fier Gaulois s'avance vers le Rhin,
« L'espoir de triompher enflamme son courage
« Mais, ton bras peut encore dissiper cette rage,
« Et subjuguer au loin des peuples insoumis,
« En renversant du Christ les projets ennemis.
« Car, c'est au nom du Christ qu'une main forcenée
« A plongé dans mon cœur sa lance empoisonnée.
« Mon fils, l'honneur t'invite à venger mon trépas,
« Marche ! un génie obscur veillera sur tes pas,
« Sa voix te conduira vers ces hordes infâmes
« Qui fuiront devant toi, comme un troupeau de femmes.
« Clovis, ce roi des Francs, détesté de ses dieux
« Trame dans son palais des complots odieux.

« Non content de régner sur un pays immense,
« Il veut encor plus loin étendre sa puissance.
« Croit-il que les Teutons fléchissant sous ses coups
« Imploreront, tremblants, leur grâce à ses genoux.
« Non, mon fils, c'est à toi d'enchaîner à ton trône
« Ce roi trop fier des droits que le peuple lui donne;
« C'est sur lui que tes pas doivent se diriger.
« Que ma main par ta main puisse au moins se venger,
« En répandant un sang dont ma bouche avec rage
« S'abreuva quelquefois dans les champs de carnage,
« Seconde mes efforts, tes succès sont certains;
« Les dieux, en ce moment, veillent sur tes destins,
« Ton triomphe est le leur, et leur cause est la tienne
« Pour marcher sur les Francs que rien ne te retienne.
« Leur chute entraînera la chute de leur roi.
« La force, la vengeance et l'enfer sont pour toi! »
Il dit et s'éclipsa comme une ombre légère,
Qui, tout en vacillant, disparaît de la terre.

CHANT III.

L'aurore paraissant sur la cime des monts,
Annonçait le retour de l'astre aux cheveux blonds,
Dont le char éclatant roule parmi les mondes,
Dispense à chacun d'eux les heures, les secondes,
Et semble présider au poids harmonieux
De la main qui les tients uspendus dans les cieus ;
Son front majestueux, plus ancien que les âges,
Sur l'horizon lointain s'élevait sans nuages.
Comme une fiancée attendant son époux,
La terre avait repris ses plus riches bijoux ;
Son sein était encore humide de rosée,
Par les pleurs de la nuit sa mantille arrosée.
Effaçait la beauté des plus riches couleurs.
L'air était embaumé du doux parfum des fleurs
Que le soleil naissant de ses feux fait éclore.
Tout semblait s'animer pour saluer l'aurore,

L'alouette entonnait ses chants mélodieux
Qu'une brise légère emportait vers les cieux
Comme un écho divin de l'hymne la plus pure
Que puisse à l'Eternel offrir la créature.
Le druide, incliné devant l'astre du jour,
Par l'encens et les vœux célébrait son retour,
Son front respectueux, prosterné vers la terre,
Semblait s'appesantir sous le poids d'un mystère.
Sur le sommet des monts le vigilant berger
En fredonnant un air fuyait d'un pas léger,
Laissant derrière lui le bruit et le murmure.
Les généraux teutons, vêtus de leur armure,
Montés pour la plupart sur de mâles chevaux,
Avaient déjà du jour commencé les travaux.
On les voyait au loin scintiller dans l'espace
Comme un globe de feu qui paraît et s'efface;
Les uns, des temps passés simulant les combats,
A de rudes labeurs exerçaient leurs soldats,
Leur rappelant le jour où leurs mains glorieuses
Aplanirent du sort les chances désastreuses.
Les autres, plus âgés et le front soucieux,
Allaient et revenaient dans un camp spacieux,
Où des soldats debout à côté de leur tente
Se tenaient réfléchis, muets et dans l'attente,
Observant de leurs chefs les ordres rigoureux.
Tout à coup Germanus apparaît à leurs yeux!
Ses pieds pressent les flancs d'une jument fougueuse
Qui file comme un trait dans la plaine poudreuse.
Le roi! Vive le roi! Ces cris sont répétés

Et vont de loin en loin redits de tous côtés.
Les généraux teutons, frappés de sa présence,
Viennent autour de lui se ranger en silence,
Ignorant le motif puissant, impérieux,
Pour lequel Germanus arrive dans ces lieux.
Son cœur bouleversait sa poitrine oppressée,
Son œil calme et serein trahissait sa pensée,
Un sourire mêlé de joie et de douceur
Semblait de son esprit leur cacher la noirceur.
Il jette ses regards sur la nombreuse armée
Que, dans ce vaste camp sa main a parsemée,
Et voit que, ses soldats intrépides et forts,
Pourront sur tous les points seconder ses efforts.
Il bénit hautement leur génie et leur zèle,
Il croit déjà les voir, vers une ère nouvelle
A la voix de leur roi s'ouvrir un libre cours,
Et tient aux généraux cet éloquent discours :
« Je suis heureux et fier en voyant cette armée
« Que vos soins ont su rendre énergique, animée.
« Elle doit mépriser les rigoureux décrets
« Qui de son bras terrible enchaînent les progrès;
« Elle qui fut toujours avide de conquêtes,
« Et fit de ses combats ses plus beaux jours de fêtes.
« Mais, l'heure solennelle où j'aurai le bonheur
« De marcher avec elle au chemin de l'honneur,
« Où nos fiers ennemis, tremblants à votre face,
« S'inclineront soudain pour vous demander grâce,
« Est enfin arrivée ! Il est temps que nos coups
« Terrassent les Gaulois prêts à fondre sur nous.

« Combattre est mon désir, car la guerre a des charmes.
« Protéger son pays, l'agrandir par les armes,
« Attacher à son char ces misérables rois
« Qui voudraient asservir l'univers à leurs lois ;
« A ces lois que leur dicte une folie étrange
« Et, qui foulent et nous et nos dieux dans la fange.
« Tel est le vœu sacré que je tiens à remplir !
« La tâche est imposante, il nous faut l'accomplir.
« Je veux que cette armée, à mes pieds répandue,
« Franchisse dès demain cette vaste étendue
« Où le Rhin, déployant ses flots majestueux,
« Se perd chez les Gaulois dans son cours sinueux,
« Il me tarde de voir sa puissance agrandie.
« Je veux que s'avançant comme un noir incendie,
« Elle disperse au loin ces peuples odieux
« Dont le sort deviendra le jouet de nos dieux.
« Sachons user des droits que la guerre nous donne,
« La guerre ennoblira les fleurs de ma couronne ;
« L'avenir nous prépare un triomphe bien doux,
« La force, la valeur et l'enfer sont pour nous.
« Hâtez-vous d'annoncer cette grande nouvelle
« A vos soldats qu'attend une gloire immortelle ;
« Dites-leur que leur roi, non moins brave qu'humain,
« Sera toujours près d'eux pour leur tendre la main ;
« Le premier dans les rangs, il bravera sans peine
« Les courses, les dangers que la bataille entraîne.
« Mon désir est celui de combattre avec eux.
« Je pars, et je consacre à vos soins précieux
« La prompte mission des ordres que je donne.

« Vous, qui fûtes toujours les soutiens de mon trône,
« Secondez mes projets, car, demain sans retard,
« De notre grande armée aura lieu le départ ;
« Dès que l'oiseau des nuits, sortant de ses décombres,
« Aura fini ses chants ; au moment où les ombres,
« Luttant avec le jour dans la plaine des cieux,
« S'enfuiront au-devant du jour victorieux,
« Je serai là, debout, et ma voix qui, la veille,
« Retentissait ici, frappera votre oreille.
« Mes soldats vigilants, s'élançant sur mes pas,
« Iront chercher la gloire et braver le trépas.
« Sur les rives du Rhin, marchant comme un seul homme,
« Ils verront devant eux filer comme un fantôme,
« Ces rois ambitieux, en horreur aux humains,
« Et dont le sort, bientôt, va tomber dans mes mains. »
Il dit, et sa cavale indomptable et rebelle,
L'emporta loin du camp, plus rapide que l'aile
Du cygne qui, sortant du milieu des roseaux,
Rase légèrement la surface des eaux.
Une larme de joie inondait sa paupière ;
Son cœur, jadis tremblant et plus froid que la pierre,
Avait déjà repris sa première vigueur.
Ce jour où, ses soldats le salueraient vainqueur
Le rendait soucieux ; il se tourne vers l'Ourse,
Et voudrait du soleil accélérer la course.
Mais, son char, s'avançant lentement vers les cieux,
Semblait de temps en temps tourner sur ses essieux
Et suspendre le cours de sa marche rapide.
Tout excitait en lui cette fureur avide,

Qui devait l'entraîner dans ces rudes chemins
Où le ciel briserait son sceptre dans ses mains.
Souvent l'homme, abrité sous l'étendard du crime,
Travaille nuit et jour à creuser un abîme ;
Ses projets d'avenir, ses rêves de grandeur,
Sont là pour en cacher la noire profondeur.
Il marche assurément, mais un vent se soulève,
Et l'homme et ses projets s'éclipsent comme un rêve.
Cependant Germanus, confiant dans ses dieux,
Mesurait, de l'esprit, ses plans ambitieux ;
Il tremblait et craignait de ne pouvoir survivre
Aux souhaits insensés dont son cœur était ivre.
Il allait, revenait, et, parfois en passant,
Il levait vers le ciel un regard menaçant,
Comme pour défier celui dont la puissance
Met l'esclave et le roi dans la même balance.
Confiant en l'enfer et fort de son appui,
Qu'a-t-il besoin d'un Dieu, si les dieux sont pour lui !
Haïr leurs ennemis, c'est protéger leur cause.
C'est sur lui que Satan, en ce jour, se repose.
Il peut marcher sans crainte au-devant du danger ;
C'est par lui que Satan du Christ veut se venger.

CHANT IV.

La voix de la trompette, aigre et retentissante,
Invitait les soldats à sortir de leur tente,
Pour adresser leurs vœux à leurs dieux bienveillants,
Qui les avaient choisis, comme les plus vaillants,
Pour défendre leur cause, et jouer ce grand rôle
Qui devait de leur nom agrandir l'auréole.
La paix et le silence avaient fait place au bruit.
À la faible lueur des astres de la nuit,
Errant isolément dans la plaine azurée,
Comme un troupeau cherchant sa bergère égarée,
Dont le front s'est couvert d'un voile de pudeur,
On voyait un autel, où l'or et la splendeur,
Prodigués largement par des mains sacriléges,
Attestaient des Teutons les horribles manéges.

Sur un trône pompeux suspendu dans les airs,
L'idole de Satan, souverain des enfers,
S'élevait et du camp dominait l'étendue.
Une foule innombrable, à ses pieds répandue,
Imitant de la mer le souffle courroucé,
Se ruait, comme un flot par le flot repoussé,
Attendant instamment ce moment où l'aurore
Viendrait réaliser ses rêves près d'éclore.
L'air était obscurci par un encens impur
Que le vent ballottait dans la voûte d'azur
Et répandait au loin comme un épais nuage
Renfermant dans son sein le germe d'un orage.
De nombreux boucliers, disposés avec art,
Formaient un seul faisceau portant un étendard.
Par le sang d'un taureau ses franges arrosées
Furent devant l'idole humblement déposées.
Soldats et généraux, s'inclinant tour à tour,
Du règne de Satan imploraient le retour,
En adressant au ciel ces horribles blasphèmes
Qui devaient de l'enfer révolter les dieux mêmes.
Un énorme bûcher, dressé pour leurs festins,
Des taureaux immolés brûlait les intestins,
Jetant une clarté blafarde et vacillante ;
Tandis que, sous leur dent, une chair palpitante
Se débattait encore, et venait, dans les rangs,
Mettre un excès de plus à leurs goûts dévorants.
Un sang noir et fumant, ruisselant de leur bouche,
Donnait à leur figure un aspect plus farouche.
Abreuvés à longs traits d'un vin spiritueux,

Ils parcouraient du camp les angles sinueux ;
L'œil ardent, emportés par leur joyeuse ivresse,
Autour de leur idole ils revenaient sans cesse,
Appelant de leurs vœux ce moment où le jour
Viendrait de Germanus annoncer le retour.
Depuis longtemps caché sous d'épaisses ténèbres,
L'astre des nuits, planant sur ces scènes funèbres,
Brilla pâle, un instant, et disparut soudain,
Voilant d'un arc de feu son visage argentin.
En lumineux reflets son ombre répandue
Sembla du firmament embraser l'étendue,
Et voir avec regret ces excès révoltants,
Jetés comme une tache à la page des temps.
A l'horizon lointain, une clarté croissante,
Enveloppant le front de l'aurore naissante,
Précédait le lever de l'astre du matin,
Et venait mettre un terme à cet affreux festin.
Les astres parsemés dans les déserts du vide
A l'approche du jour fuyaient d'un pas rapide.
La nature, endormie au sein de l'Eternel,
Déposait à ses pieds son hymne solennel.
L'air était frais et pur ; une vapeur légère,
Comme un pieux encens, s'élevait de la terre,
Et montait lentement vers la voûte des cieux.
Le Teuton seul, guidé par la voix de ses dieux,
Impassible et muet, cherchait à méconnaître
Celui qui peut créer, briser, faire renaître ;
Celui dont le regard, pénétrant et profond,
Remplit l'immensité d'un abîme sans fond ;

Celui qui, disposant de tout ce qui respire,
Devait bientôt briser les ressorts d'un empire :
Car son juste courroux, trop longtemps contenu,
Était près d'éclater ! Ce jour était venu.

CHANT V.

Des généraux teutons la voix mâle et sonore,
Annonçant que la nuit fuyait devant l'aurore,
Ordonnait aux soldats de venir sans retard
Se ranger sous les plis de leur noble étendard.
Les cavaliers ardents, répandus dans la plaine,
Au signal de leurs chefs s'élancent hors d'haleine ;
L'air, résonnant au loin de leurs cris belliqueux,
Semble prêter une aile à leurs coursiers fougueux,
Dont les pas redoublés, plus légers que la foudre,
Dans leur rapide élan, fouettent le sol en poudre.
Les hymnes de départ, en tous lieux répétés,
Expirent comme un bruit mourant de tous côtés.
Tout guerrier, saisissant son épée ou sa lance,
Vient auprès de ses chefs se placer en silence,
Et mesure d'un œil scrutateur et content
L'horizon infini [illegible] vant lui s'étend.

Ainsi qu'un fleuve altier grossi par les orages,
Et prêt à s'annoncer par d'horribles ravages,
La phalange s'accroît; cavalier et soldat
N'attendent plus qu'un mot pour marcher au combat.
Un cri, comme celui d'une forte rafale,
Du milieu de leurs rangs sortait par intervalle
Et se mêlait au bruit des arcs, des boucliers,
Dans le milieu du camp répandus par milliers.
Les cœurs semblaient frémir sous le poids d'une chaîne.
Les généraux, plongeant leurs regards dans la plaine,
Se tenaient inquiets, muets, silencieux...
Tout à coup Germanus apparaît à leurs yeux :
Un cri retentissant s'élève dans l'espace,
Le roi devant l'armée a déjà pris sa place;
Son front est rayonnant, son œil calme et serein
Brille ainsi qu'un éclair sous son casque d'airain.
Dans un manteau de fer, loin d'être emprisonnée,
D'un riche pallium sa poitrine est ornée;
L'or, les rubis, tressés en guirlandes de fleurs,
Y brillent de l'éclat des plus vives couleurs.
Retenant, d'une main, sa cavale fougueuse,
Qui, fière de son poids se balance orgueilleuse;
De l'autre, saisissant le fer dont, autrefois,
Son père se servit pour en frapper les rois,
Il mit en mouvement la terrible phalange,
Avide d'assister à ce duel étrange,
Où le Rhin mugissant, témoin de sa fureur,
Sur ses bords teints de sang reculerait d'horreur.
L'astre brillant du jour, commençant sa carrière,

Inondait l'horizon de ses flots de lumière.
Sur les rangs des Teutons son regard projeté
D'un naissant incendie imitait la clarté.
Fantassins, cavaliers, s'avançant dans l'espace,
Déjà du sol poudreux soulevaient la surface,
Une poussière épaisse autour d'eux s'élevant,
Flottait comme un nuage agité par le vent,
Ralentissant en vain leur course téméraire.
Nautonniers décidés, ils entrevoient la terre;
Où les attend l'honneur, la gloire, l'avénir.
Que leur font les dangers qui pourraient survenir!
N'ont-ils pas dans leur cœur cette force suprême
Que l'enfer, dans l'enfer, un jour puisa lui-même.
Aussi, leur cœur est-il plus ferme que ce roc
Qui vingt fois de la foudre a supporté le choc.
L'ardeur de conquérir une terre étrangère
Leur rend le ciel plus doux, la marche plus légère.
Déjà comme un reptile au port majestueux,
Cachant parmi les fleurs ses contours sinueux,
Et reflétant au loin dans sa marche azurée
L'éblouissant manteau de la voûte assurée,
Le Rhin leur apparaît! ses flots hospitaliers
Vont bientôt tressaillir du poids des cavaliers
Qui, resserrant leurs rangs et s'avançant en masse,
Impriment sur le sol une profonde trace,
Et s'annonçent au loin par un bourdonnement
Imitant de la mer le sourd mugissement.
Encor quelques instants, et ces plaines désertes
De milliers de soldats devront être couvertes.

Un moment détruira ce qui pendant longtemps
Pouvait encore braver la poussière des temps.
Ces fertiles cités, à la tête orgueilleuse,
Que l'homme convertit en ruche industrieuse
Vont peut-être tomber sous le fer assassin
D'un peuple dans leurs murs débordant par essaim.
Le Rhin est à ses pieds, et dans quelques secondes
Du fleuve sans trembler il franchira les ondes,
Son bras fort et nerveux voilera cet écueil
Qui s'ouvre devant lui comme un vaste cercueil.
Des arbres, abattus sur les bords du rivage,
Déjà du roi des eaux enveloppent la plage;
Sur ses flots inconstants leurs branchages jetés
Sont avec beaucoup d'art fixés de tous côtés,
Afin de soutenir cette masse flottante
Destinée à porter une flotte géante
Que l'enfer, ennemi de la cause des cieux,
Armait pour protéger ses plans ambitieux.

CHANT VI.

Dans cette plaine immense, où des mondes sans nombre
Se mouvant tour à tour dans le jour et dans l'ombre,
Semblent s'entrechoquer et se briser entr'eux
Est un globe parfait, brillant, harmonieux.
L'Eternel le choisit pour y siéger lui-même
Lorsque de l'univers il eut fait le poème.
Le calme et le repos y sont de tous les temps;
Là, plus de vains regrets, ni de vœux inconstants.
Le juste, y jouissant d'une paix ineffable,
Contemple constamment la puissance adorable
Du Dieu dont le regard empreint de majesté
Des mondes qu'il créa remplit l'immensité.
Ni l'or, ni les rubis, ne parent sa couronne,
Ses anges, inclinés à côté de son trône,
Le front resplendissant de gloire et de candeur
Contemplent en tremblant l'éclat de sa grandeur,

Leurs yeux de l'univers embrassent l'étendue.
La terre, comme un point à leurs pieds suspendue,
Et fière de régner sur ces globes épars,
Semble de l'Eternel attirer les regards.
C'est là que de sa main il couronna l'ouvrage
Dans lequel il devait contempler son image.
L'homme, chef-d'œuvre et roi de la création,
Est sans cesse l'objet de son attention.
Il gémit sur son sort et voit avec tristesse
Qu'il méconnaît par fois sa force et sa sagesse,
Oubliant qu'il est né, pour aimer et servir
Un Dieu qui le fit libre au lieu de l'asservir,
Un Dieu qui chaque soir, d'une main paternelle,
Ramène en son bercail une brebis rebelle,
Lui disant : « Mon enfant, viens, car je te bénis
Et t'ouvre de mes dons les trésors infinis. »
Depuis l'heure où, du monde assurant l'équilibre,
Le créateur y mit l'homme, parfait et libre,
Les mortels, entraînés par la voix du malheur,
Ont trouvé dans son sein un baume à leur douleur;
Mais son nom qui, jadis, ébranlait un empire
S'enfuit comme un écho qui lentement expire.
Ses autels abattus brûlent un vil encens,
Du jour où redoublant leurs efforts impuissants
Les démons accablés du poids de leurs défaites,
Suscitèrent sur lui de nouvelles tempêtes.
Son bras est toujours prêt à comprimer l'essor
Du monstre terrassé se débattant encor,
Et cherchant à franchir les portes de l'abîme,

Pour se rassasier du sang de sa victime :
Le Teuton, recherchant la gloire ou le trépas,
Vers le pays des Francs se dirige à grands pas ;
Il le voit, et maudit le projet téméraire
D'un peuple que sa main peut briser comme un verre.
« Quoi ! dit-il, il faudra que ces soldats pervers,
« Armés pour protéger la cause des enfers,
« Foulent impunément ce sol où ma puissance
« Doit embrasser bientôt une étendue immense.
« Faudra-t-il que Clovis, dont les lois de l'hymen
« D'une fille du ciel lui donnèrent la main,
« Voie à ses pieds tomber sa couronne fanée,
« Lui, dont je vais bientôt changer la destinée,
« Lui, que j'avais choisi pour briser les autels
« Par un culte profane outragés des mortels ?
« De mon astre affaibli la clarté renaissante
« Brillera désormais plus vive et plus puissante.
« Mon nom, depuis longtemps oublié sous les cieux,
« Fera bientôt trembler ces rois ambitieux,
« Qui, plongés dans le sein de leurs plaisirs frivoles
« Offrent un vil encens à de vaines idoles.
« Ils croient que je ne puis retirer de leurs mains
« Ce fragile pouvoir qu'ils tiennent des humains.
« Malheur à Germanus, dont la joie insensée
« A brisé les ressorts de son âme glacée ;
« Il ne voit pas sur lui mon glaive suspendu,
« Prêt à venger le sang qu'il aura répandu.
« Ce fleuve, dont bientôt il franchira les ondes,
« Se dressera soudain sur ses vagues profondes,

« Déjouant les projets, renversant les travaux
« D'un peuple à qui je lègue un déluge de maux.
« Je ne veux pas encore exterminer sa race ;
« Je veux que le Gaulois, le voyant face à face,
« Le chasse devant lui comme ce vil bétail
« Qu'un berger surprit entrant en son bercail. »
Il dit, et de sa voix qui commande aux orages,
Il obscurcit le ciel d'un amas de nuages.
La foudre et le tonnerre à ses pieds mugissants
S'élancent tout à coup sur les ailes des vents.
Les éclairs, décrivant leur sinueuse trace,
Déjà du firmament labouraient la surface,
Et déchiraient les flancs des nuages nombreux
Qui, roulant dans les airs, se condensaient entr'eux,
Menaçant de changer en une plaine humide
Ces lieux que Germanus fuyait d'un pas rapide.
Le Rhin tremblait déjà du poids des cavaliers
Pressant d'un pied léger le flanc de leurs coursiers,
Et couvant du regard ces lieux où la phalange
Aurait à triompher d'un danger plus étrange,
Celui de conquérir un peuple belliqueux
Dont un Dieu bienveillant exaucerait les vœux.
N'importe ! du destin la main sage et puissante
Doit rendre désormais leur cause triomphante.
D'un succès éclatant ils n'ont point à douter,
L'Éternel est le seul qu'ils devraient redouter ;
Car c'est lui qui bientôt, dans sa juste colère,
Va donner un exemple aux princes de la terre,
Leur montrant que leur sceptre est fragile et léger,

Que son règne est constant, et le leur passager;
Qu'il dispose à son gré des puissances humaines,
Soit qu'il fasse des rois ou les charge de chaînes.
Cependant, généraux, cavaliers et soldats,
Sur l'humide élément s'avançaient à grands pas.
Germanus, s'élançant sur sa fière cavale,
Semblait les animer de sa voix martiale,
Les voyant, devant lui, défiler rangs par rangs;
Lorsque les eaux du Ciel s'échappant par torrents,
Soulevèrent du Rhin les vagues menaçantes,
Rejetant sur ses bords ses digues impuissantes;
Des arcs, des javelots, roulant de toutes parts,
Entraînaient avec eux des cadavres épars;
La plupart, s'efforçant de gagner le rivage,
Expiraient, en poussant un dernier cri de rage.
Souvent on les voyait se tenir corps à corps,
Faire pour se sauver de stériles efforts,
Et comprimer soudain, dans une forte étreinte,
Celui dont l'existence était parfois éteinte.
Le tonnerre et les vents, volant avec fureur,
Grondaient et présidaient à ces scènes d'horreur;
La terre s'ébranlait et semblait se dissoudre,
Aux pieds de Germanus trois fois tomba la foudre;
Soldats et généraux, devant lui prosternés,
Se regardaient entr'eux, pâles et consternés,
Cherchant à fuir ces lieux frappés par l'anathème,
Et changeant leur espoir en un danger extrême,
Le char éblouissant de l'astre aux cheveux d'or,
Dans la plaine des cieux poursuivant son essor,

Et docile à la voix maîtresse des orages,
S'avançait au lointain brillant et sans nuages,
Dérobant aux Teutons cette douce clarté,
Trésor constant de vie et de fécondité;
Nonchalamment assis à l'ombre du vieux chêne,
Et voyant ses moutons folâtrer dans la plaine,
Le berger entonnait son hymne gracieux,
Et pur comme un parfum qui monte vers les cieux,
La terre lui semblait et plus riche et plus belle,
Sa robe reprenait une forme nouvelle;
Son sein se dilatait au rayon du soleil
Qui promenait sur elle un visage vermeil.
En tous lieux, excepté sur un point de la terre,
Tout n'était qu'harmonie, enchantement, mystère,
Le Gaulois, contemplant un ciel pur et serein,
Etait loin de penser que sur les bords du Rhin
Un peuple ambitieux avait courbé la tête
Sous le souffle irrité du Dieu de la tempête,
Que ce Dieu le livrant à des maux violents,
Rendrait ses bras moins forts et ses progrès plus lents,
Le laissant à son gré s'élancer hors d'haleine
Afin de mieux hâter sa défaite prochaine.

CHANT VII.

Une reine, à genoux à l'ombre du saint lieu,
Ayant fait à la terre un éternel adieu,
Et vouant au Seigneur sa grandeur et ses veilles,
Célébrait de son nom les sublimes merveilles,
Déposant à ses pieds ces vœux purs et constants
Qui nous ouvrent du Ciel les trésors éclatants.
Son visage, incliné sur une froide pierre,
Rayonnait de candeur, d'amour et de prière;
Ses bijoux, sa couronne et ses riches habits,
Sur lesquels ruisselaient la pourpre et les rubis,
N'étaient plus à ses yeux qu'un ornement étrange
Que la main des mortels a tiré de la fange.
Son esprit, dégagé des vils liens du corps,
Semblait vers l'Eternel s'élever sans efforts,
Et goûter dans son sein ce repos salutaire
Qui pendant un instant nous dérobe à la terre.

Autour d'elle régnait un silence profond ;
Une lampe en vermeil, suspendue au plafond,
Jetait de toutes parts un jour tremblant et sombre,
Et d'un Christ sur le mur faisait vaciller l'ombre,
Remplaçant du soleil le regard affaibli,
Qui fuyait et laissait la terre dans l'oubli.
Les sonores accents des cloches argentines
Suspendues au sommet de leurs nefs en ruines
S'élevaient dans les airs, comme l'accord pieux
D'une voix dont l'écho n'est répété qu'aux cieux.
C'était l'heure où l'enfant, s'approchant de sa couche,
Sous un baiser brûlant déposé sur sa bouche,
S'endort, en se livrant à ces rêves amis
Qui planent sur le front des anges endormis.
Tout devenait muet, paisible, solitaire ;
Aux pieds d'un crucifix, penchée avec mystère,
Clotilde, de ses pleurs mouillant ses blonds cheveux,
Exprimait en ces mots ses regrets et ses vœux :
« Toi qui me couronnas de gloire, de puissance,
« Et qui tiens dans tes mains ma fragile existence,
« Daigne jeter sur moi ce regard paternel,
« Gage prématuré d'un bonheur éternel.
« N'opprime point encor, dans ta juste colère,
« Mon peuple, dont les yeux fermés à la lumière
« Vont peut-être s'ouvrir aux rayons éclatants
« De ton astre affranchi de la poudre des temps.
« Les générations, les mondes, tout s'efface,
« Un empire s'écroule, un autre le remplace ;

« Toi seul survis à tout ! c'est toi qui dans tes mains
« Tiens ce sceptre éternel qui commande aux humains.
« Les vagues de la mer à ta voix obéissent ;
« A ton souffle les vents s'apaisent ou mugissent.
« Tout semble proclamer un Dieu fort et clément.
« L'homme seul ici-bas s'avance aveuglément,
« Croyant dicter des lois à ce globe fragile
« Que ta main peut briser comme un vase d'argile.
« Ce n'est que châtié par ton juste courroux
« Qu'il implore parfois sa grâce à tes genoux.
« Si Clovis, en ce jour, t'abandonne et t'oublie,
« Que ta bonté pour lui ne soit point affaiblie ;
« S'il est ton ennemi, sache lui pardonner.
« Si tes foudres sur lui jamais devaient tonner,
« Réserve-moi les maux qui menacent sa tête. »
Elle dit, et soudain, interdite et muette,
Elle sentit son corps frémir sous un frisson.
Le lieu saint fut rempli d'un mélodieux son,
Aussi doux, aussi pur que la voix des archanges
Célébrant du Seigneur les sublimes louanges.
Un ange à l'œil candide, au front suave et pur,
Le corps enveloppé d'une gaze d'azur,
S'approcha de Clotilde, et, de sa voix amie,
Sembla la ranimer d'une nouvelle vie.
« Femme sainte, dit-il, le Seigneur a compris
« Combien de ses enfants les larmes ont de prix.
« Sa bonté qui s'étend sur toute la nature
« Exaucera les vœux d'une âme grande et pure,

« Qui, vivant pour aimer, prier, pleurer, souffrir,
« En victime pieuse à son Dieu vient s'offrir.
« Aux lois du Tout-Puissant ton époux infidèle
« Sera bientôt couvert d'une gloire réelle ;
« Il bénira celui qui, sur le front des rois,
« Pour les purifier, s'appesantit parfois.
« Jusqu'ici, la fortune, enchaînée à son trône,
« A rendu sans pareil l'éclat de sa couronne ;
« Mais sait-il si la main qui fut son seul appui
« Ne pourrait à l'instant s'appesantir sur lui.
« Longtemps de l'Éternel la bonté paternelle
« A comblé de ses dons un monarque rebelle
« A la voix de son Dieu qui veut lui pardonner.
« Par la voix des combats cette voix doit tonner !
« Sur les rives du Rhin une armée aguerrie,
« Prête à tout renverser, s'avance avec furie.
« Je vois déjà les Francs courir de toutes parts,
« Et repousser en vain leurs ennemis épars,
« Qui, d'un trait venimeux, lancé d'une main sûre,
« Leur ouvriront au cœur une large blessure.
« Ainsi qu'un incendie, et terrible et croissant,
« A grands pas sur Clovis, le Teuton s'élançant,
« Lui montrera la place où sa couronne altière
« Roulerait dans des flots de sang et de poussière,
« S'il n'implorait, tremblant, la clémence et l'appui
« Du Dieu qui, par ma voix, vient te dire aujourd'hui
« Que ton peuple bientôt, sortant de ses ruines,
« Foulera sous ses pieds Satan et ses doctrines ;

« Pareil à ce nocher qui, sur les flots amers,
« Après avoir bravé la pluie et les hivers,
« S'avance avec orgueil, ne voyant pas l'orage
« Qui doit sur son navire éclater avec rage ;
« Sur son trône, Clovis va soudain frissonner ;
« Vers le port éternel ses yeux vont se tourner,
« Et, docile à la voix du Seigneur qui l'appelle,
« Il couvrira son nom d'une gloire immortelle ;
« Ses soldats, animés d'une mâle fureur,
« Frapperont les Teutons de mort et de terreur ;
« Ils sauront d'où leur vient cette force invincible,
« Qui parfois d'un agneau fait un lion terrible ;
« Ils verront que le Dieu, qui les rendra vainqueurs,
« Est celui qui devait régner seul dans leurs cœurs.
« Aussi, seront-ils fiers d'accourir dans son temple,
« Pour donner à la terre un mémorable exemple,
« En inclinant leur front sur les parvis sacrés,
« Dont Clovis, le premier, montera les degrés.
« Ton Dieu sera le sien, l'eau sainte du baptême
« Doit désormais du ciel lui fermer l'anathème. »
L'ange, vers l'empyrée avait pris son essor,
Clotilde cependant croyait l'entendre encor.
Le ravissant écho de sa douce harmonie
Avait rempli son cœur d'une extase infinie.
Après avoir offert une prière à Dieu,
Elle essuya ses pleurs et sortit du saint lieu.

CHANT VIII.

Cependant des Teutons les colonnes actives
Depuis longtemps du Rhin avaient franchi les rives,
Il ne leur restait plus qu'un faible souvenir
Des maux qui vainement pouvaient les retenir.
A la faible clarté de l'aurore naissante
On voyait se mouvoir, terrible et menaçante,
Une armée où, soldats, femmes, enfants, vieillards,
Pour chasser l'ennemi, venaient de toutes parts.
Un bruit comme celui d'une mer en colère,
Et se mêlant parfois à de longs cris de guerre,
S'échappait de leurs rangs et montait jusqu'au cieux.
Mais bientôt tout devint calme, silencieux.
La voix de Sigebert résonnait dans l'espace,
Près de lui ses héros ont déjà pris leur place,
Et volant sur ses pas au signal de sa voix,
Ils jurent de sauver l'honneur du nom gaulois.

Comme deux flots fouettés par des vents en furie,
S'avance des deux parts la phalange aguerrie.
Quelques traits meurtriers, par les Teutons lancés,
Dans les rangs des Gaulois tombèrent émoussés;
Bientôt à leurs carquois les flèches suspendues
Dans le milieu du camp volèrent, répandues.
Le sol se hérissait de morts et de mourants,
Les Teutons s'avançant et resserrant leurs rangs,
Demandaient à lutter corps à corps, face à face,
Avec ceux dont l'enfer avait maudit la race.
Par la voix de leurs chefs, au combat animés,
Ils suivaient du regard leurs traits envenimés
Qui par leurs bras nerveux lancés avec adresse
Tombaient sur les Gaulois en une grêle épaisse.
Sigebert, l'œil ardent et l'épée à la main,
Presse son fier coursier et se fraie un chemin
Entre les boucliers, les casques, les cuirasses.
Ses soldats valeureux s'élancent sur ses traces
Et frappent sans merci, de leurs coups redoublés,
Les Teutons s'enfuyant, haletants et troublés.
Mais leur fuite n'était qu'une terrible feinte,
La voix de Germanus a dissipé leur crainte;
Il dit, au même instant, ses cavaliers épars
Sur les soldats gaulois fondent de toutes parts.
Ils pressent leurs coursiers, et saluent avec joie
Cette heure, où sous leurs pieds va se broyer leur proie.
Tous les bras sont levés, tous les yeux sont ardents,
Une égale fureur arme les combattants,

Comme dans l'océan, un flot que le flot chasse,
Souvent poursuit ce flot, le secoue et l'enlace,
Aidé par les efforts d'un affreux ouragan ;
De même les Teutons, par un commun élan,
Tombant sur les Gaulois, atteignent sans relâche
Du glaive meurtrier ceux qu'épargne la hache.
Le Créateur, assis sur son trône éternel,
Jette sur les Gaulois un regard paternel :
« Je ne veux pas, dit-il, que, vaincus par le nombre,
« Devant leurs ennemis ils s'enfuient comme une ombre
« Je pourrais, d'un seul mot, les rendre triomphants.
« Mes foudres, s'élançant sur les ailes des vents,
« Pourraient chasser au loin et réduire en poussière,
« Le roi qui voudrait seul commander à la terre.
« Se livrant en ce jour à d'horribles excès,
« L'enfer de Germanus applaudit les succès ;
« Des lauriers pour son front sont préparés d'avance,
« Mais le pilote, errant sur une mer immense,
« Après avoir franchi sain et sauf un écueil,
« Souvent à quelques pas voit s'ouvrir un cercueil,
« Où son dernier espoir fuit avec son navire ,
« Au moment où le port paraissait lui sourire.
« Tel sera le destin des peuples et des rois,
« Que l'enfer veut contraindre à marcher sous ses lois.
« Germanus, en ce jour, marche vers sa défaite ;
« Je vois déjà la place où tombera sa tête,
« J'ai moi-même choisi le fer qui, de son sein
« Arrachera ce cri que pousse un assassin

« Près de ses ennemis, voyant son impuissance,
« Et tombant sous les coups de leur juste vengeance.
« Je veux à ses excès laisser un libre cours ;
« Plus tard, mais vainement, implorant mon secours,
« Ses soldats, admirant l'effet de mes miracles,
« Maudiront à jamais Satan et ses oracles ;
« Au moment où, couverts de misère et d'affront,
« Devant leurs ennemis ils courberont le front,
« En voyant à leurs pieds une couronne altière
« Rouler parmi des flots de sang et de poussière.
« Mais l'heure du beffroi n'a pas encore sonné !
« Quand l'épi sera mûr, il sera moissonné ;
« Je ne changerai point l'arrêt irrévocable
« Que je viens de lancer sur un peuple coupable.
« Je veux encor laisser son roi s'enorgueillir,
« Des lauriers qu'en passant il se plaît à cueillir,
« Afin que ces grandeurs que nous donne la terre,
« Lui rendent de ses jours la perte plus amère. »
Il dit, et de sa voix au timbre harmonieux,
Rassemble auprès de lui ses anges radieux,
Et leur exprime ainsi sa volonté suprême :
« Vous, céleste rayon émané de moi-même,
« Dont l'œil peut embrasser ce fragile élément,
« Où l'orgueilleux mortel s'avance aveuglément,
« Prodiguant son encens à ces dieux méprisables,
« Que sa main a forgés faibles et périssables.
« Le Teuton, protégeant la cause des enfers,
« Déjà pour le Gaulois a préparé les fers.

« Il foule en ce moment le sol que je destine
« Pour être le berceau de ma sainte doctrine.
« Malheur à Germanus, car ses jours sont comptés!
« Je saurai maîtriser ses soldats indomptés
« A sauver leur pays, des troupes disposées
« Lui seront sans retard dès demain opposées.
« Je vois déjà Clovis trembler et tressaillir,
« Devant tous les dangers qui viendront l'assaillir.
« Je le vois implorant ma force et ma clémence,
« Déposer à mes pieds ses vœux et sa puissance,
« En jurant de marcher à l'ombre de ma croix ;
« C'est lui que j'ai choisi pour régner sur les rois.
« Raphael, que ta voix harmonieuse et tendre
« A son épouse sainte aille se faire entendre ;
« Dis-lui que l'heure approche, où Clovis doit songer,
« A secourir un roi qui ne peut se venger?
« Dis-lui que Sigebert, ne pourra qu'avec peine,
« Se sauver du torrent qui dans son cours l'entraîne;
« Si l'empire gaulois ne se lève soudain
« Pour braver les fureurs de l'orage certain,
« Qui croît en s'avançant, franchissant ses rivages,
« Et s'avançant au loin par d'horribles ravages.
« Peut-être que, docile à la voix de ses dieux,
« Clovis méconnaîtra l'écho mystérieux
« De ma voix, qui passant par le cœur d'une femme
« Remontera vers moi, pure comme son âme.
« Alors, malheur à lui ! ses soldats terrassés,
« Roulant auprès de lui, pêle-mêle entassés,

« Auront versé leur sang sans pouvoir se défendre ;
« Son trône chancelant sera réduit en cendre,
« Lui-même, s'avouant humilié, vaincu,
« A la honte de tous aura seul survécu,
« Nautonnier, ne pouvant lutter contre l'orage,
« Ses yeux se tourneront vers la céleste plage,
« Implorant le secours du Seigneur des combats.
« De mon souffle aussitôt, enfantant des soldats,
« Et dussé-je au besoin, les armer de ma foudre !
« Je les soulèverai, pour frapper et dissoudre
« Cette armée ennemie et ses plans insensés,
« Dignes de Germanus, et par ses dieux tracés. »
Il dit, et déployant ses ailes azurées,
L'ange franchit d'un vol les voûtes éthérées.
L'Eternel le couvant d'un gracieux regard,
Et pareil au chasseur qui de l'œil suit le dard
Que sa main a lancé dans une sûre voie,
Il sourit à la terre et la vit avec joie,
Car un ange, envolé du céleste séjour,
De l'une de ses sœurs s'approchait en ce jour.

CHANT IX.

L'astre mourant du jour faisait place au mystère,
La nuit à pas pesants descendait sur la terre,
Les clameurs des combats avaient déjà cessé ;
De toutes parts régnait un silence glacé.
Les combattants, couchés à côté de leurs armes,
Suspendant un instant la guerre et ses alarmes,
Semblaient vouloir puiser dans les bras du repos
Une force nouvelle et l'oubli de leurs maux.
Un seul homme debout, à l'œil fixe et farouche,
Comme un spectre sorti de sa funèbre couche,
Veillait et repaissait son esprit agité
De ces rêves de gloire et d'immortalité
Qui ne laissent parfois à l'orgueil qui succombe
Qu'un vain nom se mêlant au vide de la tombe ;
Il s'étonnait de voir ces féroces soldats
Endormis sans trembler sur les bords du trépas,

4.

A l'heure où par le fer se créant un passage,
Ils auraient dû, malgré la mort et le carnage,
Sous un pied triomphant écraser les Gaulois,
Et d'un brillant succès couronner leurs exploits.
« Je pourrais, disait-il, d'un mot, d'une parole,
« Les guider sur mes pas de l'un à l'autre pôle.
« Si mon triomphe est sûr, pourquoi les exciter
« À marcher vers un but qu'on ne peut éviter?
« En vain mes ennemis ranimant leur audace,
« A la voix de leurs chefs se soulevant en masse,
« Viendront nous opposer leurs stériles efforts ;
« Pour vaincre les Gaulois mes bras sont assez forts. »
Et son front s'inondait d'une sueur brûlante,
L'éclair semblait jaillir de sa prunelle ardente.
On eût dit que son cœur ne pouvait comprimer
Les furieux transports qui venaient l'animer ;
Son oreille endurcie était fermée aux plaintes
Des Gaulois prisonniers, dont les voix presqu'éteintes
Se perdaient au lointain en échos impuissants.
La plupart, sur le sol, pêle-mêle gisants,
Ne pouvant se soustraire à tant d'ignominie,
Fléchissaient sous le poids d'une longue agonie ;
Les autres, vers leur cœur dirigeant leur poignard,
Saluaient leur pays par un dernier regard,
Et le front appuyé sur leur pesante armure,
Ils accueillaient la mort, calmes et sans murmure ;
Heureux de succomber sans avoir survécu
Aux maux que préparait à leur pays vaincu

Ce roi, leur ennemi, qui, promenant dans l'ombre
Les couvait d'un regard et dédaigneux et sombre,
Leur laissant présager les supplices affreux
Que son bras s'apprêtait à déchaîner sur eux.
Bientôt, un bruit pareil à celui d'un orage
Qu'un vent impétueux vient fouetter avec rage
Retentit dans le camp ! De l'un à l'autre bout,
A la voix de leur chef les troupes sont debout,
Soldats et cavaliers, fiers de leur vigilance,
Accourent dans les rangs se placer en silence.
Germanus a parlé, ses ennemis captifs
Seront sur un bûcher exposés morts ou vifs ;
Il veut exterminer leur détestable engeance.
Ce ne sera qu'après cette heure de vengeance
Qu'il pourra sans remords laisser un libre accès
Au rapide torrent de ses nombreux excès ;
Des chênes orgueilleux les cimes renversées
Sont en quelques instants sur le sol entassées,
Et soutiennent le poids d'un énorme tréteau
Qui, bientôt s'écroulant sous son mouvant fardeau,
Prolongera l'horreur de ces scènes infâmes.
Il tarde à Germanus de les livrer aux flammes,
Ces Gaulois, au regard et stoïque et moqueur
Qui jurent anathème et mort à lui... vainqueur.
Ils murmurent tout bas une courte prière,
En face du trépas plus fermes que la pierre,
Ils s'embrassent entr'eux et voient sans s'émouvoir
Le sépulcre béant prêt à les recevoir.

Dégagés du fardeau des misères humaines,
Ils s'avancent, légers sous le poids de leurs chaînes,
Ils sourient à la mort. Sur eux de toutes parts,
Des farouches Teutons sont fixés les regards.
Tout est silencieux ; la flamme est déjà prête,
La main de Germanus à l'irriter s'apprête.
Tout à coup elle gronde et monte en tourbillons,
En traçant dans les airs de lumineux sillons.
Un vent impétueux, soufflant avec colère,
Soulève devant lui des torrents de poussière
Et fouette avec fureur l'élément dévorant,
Qui sur le sol poudreux s'étend en murmurant,
Roulant dans ses replis le corps de ses victimes.
L'enfer, d'un cri de joie ébranle ses abîmes ;
Satan, dans Germanus en mettant son appui,
A choisi pour sa cause un roi digne de lui.
Ce roi que le fardeau de la vengeance accable,
Doit être désormais l'instrument redoutable
Qui, se mouvant au gré des infernales lois,
De ses coups redoublés frappera les Gaulois.
Car son cœur est en proie à cette soif ardente,
Qui sans cesse apaisée et sans cesse naissante,
Égare quelquefois les aveugles mortels,
Et change en un tombeau leur trône et leurs autels.

CHANT X.

Clovis ne voyait point du sein de ses idoles,
L'orage qui planait sur le pays des Gaules.
Sur les rives du Rhin, les Teutons dispersés,
Relevaient de leurs dieux les autels renversés,
Leurs regards enivrés d'une joie infernale,
Avec avidité mesuraient l'intervalle
Qu'ils avaient à franchir pour frapper sans pitié
Le roi des Francs en proie à leur inimitié.
Et Clovis, aveuglé par une vaine gloire,
Méconnaissait la voix du Dieu de la victoire
Qui, trouvant son écho dans un cœur chaste et pur,
Lui promettait encore un succès grand et sûr.
Depuis longtemps, Clotilde, humblement prosternée,
Se tenait à ses pieds tremblante et consternée,
Lui murmurant tout bas un sublime discours,
Dont les larmes parfois interrompaient le cours,

Et s'efforçant en vain de ranimer son âme
D'un rayon émané de la céleste flamme,
L'Éternel, d'un regard empreint de majesté,
A son cœur virginal s'était manifesté.
Il lui montrait au loin la phalange ennemie
Que sur le sol gaulois l'enfer avait vomie.
Aussi de Sigebert déplorant les malheurs,
Elle s'abandonnait à d'amères douleurs.
En voyant que Clovis, insensible à ses larmes,
Pour venger son pays ne prenait pas les armes,
Son âme s'exhalait en soupirs impuissants ;
Nul écho ne pouvait redire ses accents ;
Élevant vers le ciel ses deux mains suppliantes,
Elle arrosait son sein de ses larmes brûlantes,
Et priait l'Éternel de détourner les coups
Dont le bras des Teutons menaçait son époux ;
Pour son peuple coupable elle demandait grâce,
Son regard pénétrant, s'élançant dans l'espace,
Semblait de l'ennemi suivre les mouvements,
Lorsqu'un coursier fougueux, aux naseaux écumants,
Emportant un héraut sur sa croupe légère,
S'avance enveloppé d'un sillon de poussière,
Et s'arrête soudain, reconnaissant la voix
De celui qui le rend orgueilleux de son poids,
Et qui, pour délivrer les Gaules opprimées
D'un millier d'ennemis franchissait les épées,
Afin de prévenir l'esclavage et l'affront
Devant lesquels deux rois allaient courber le front.

Sous un casque d'airain son œil noir étincelle,
D'une ardente sueur son visage ruisselle ;
Clotilde est rayonnante et reconnaît en lui
Celui qui de Clovis vient implorer l'appui.
Sigebert l'a chargé d'un important message
Des cris d'enthousiasme accueillent son passage.
En lui tous voient un frère et non un ennemi.
Clotilde le suivant de son regard ami,
Semblait ouïr déjà ces terribles paroles
Qu'apportait le héraut pour le salut des Gaules ·
« Mon roi, libre jadis, et captif aujourd'hui
« En ce jour par ma voix implore votre appui,
« A d'amères douleurs son âme abandonnée
« A subi du malheur l'affreuse destinée.
« Les Teutons, animés par l'ardeur des combats,
« Dans l'empire gaulois s'avancent à grands pas !
« Depuis longtemps du Rhin ils ont franchi les ondes,
« Rien n'a pu retenir leurs courses vagabondes.
« Leur sang sur notre sol à longs flots a coulé,
« Sous nos pieds triomphants leurs têtes ont roulé ;
« Mais le sort, qui semblait nous donner la victoire,
« A couronné leur front de notre propre gloire,
« Aussi, de leurs succès sont-ils enorgueillis.
« Leur roi, fier des lauriers que ses mains ont cueillis,
« Portera jusqu'à vous ses projets téméraires.
« A cette heure, il s'élance en vainqueur sur vos terres,
« Il croit que devant lui, fléchissant les genoux,
« Vous ne lui montrerez un cœur digne de vous.

« Sire, la Gaule entière en vous seul se repose
« Et vous laisse le soin de protéger sa cause.
« Sigebert oubliera les maux qu'il a soufferts
« Du jour où votre glaive aura brisé ses fers. »
Comme un roc endurci, que les traits de la foudre
Ont ébranlé vingt fois sans pouvoir le dissoudre,
Cède aux moindres efforts d'un fragile levier
Que meut avec adresse un adroit ouvrier,
De même, indifférent au sublime langage
De celle qui voulait le sauver du naufrage,
En lui montrant le port de la réalité,
Clovis ouvrait les yeux devant la vérité
Dont la voix du héraut était l'écho fidèle.
La Gaule allait avoir un vengeur digne d'elle,
Son sein, rétentissant d'un cri de liberté,
Devait bientôt bondir de joie et de fierté.
Pareille à ce coursier, dont la tête superbe
Se dresse en découvrant un reptile sous l'herbe,
Elle allait se dresser et s'élancer soudain,
Pour broyer sous ses pieds sa proie avec dédain.
En ce moment Clovis jurait sur sa couronne
De rendre à Sigebert la splendeur de son trône ;
C'était lui qui devait de son bras irrité
Punir ses ennemis de leur témérité.
Le destin des Gaulois allait bientôt dépendre
Du serment qu'au héraut Clovis faisait entendre,
Car, de deux rois marchant l'un sur l'autre à grands pas
L'un des deux seulement survivrait au trépas.

CHANT XI.

Ces troupes, qui jadis terribles et puissantes,
De maints et maints combats revinrent triomphantes,
Étaient là, sous les plis de ces vieux étendards,
Qu'en vain les ennemis percèrent de leurs dards.
Leurs franges en lambeaux, par le vent agitées,
Étaient à leurs sommets par un coq surmontées ;
Avec noblesse et grâce, ouvrant ses ailes d'or
Il semblait être prêt à prendre son essor,
Et montrer aux Gaulois cette route nouvelle
Où leurs mains cueilleraient une palme immortelle.
Cette terre, qui fut si féconde en héros,
Allait en ce moment en créer de nouveaux.
Ces glorieux débris, reste de cent batailles,
De leur cité fameuse entouraient les murailles
Et juraient de montrer en face du danger
Cette ardeur qui jamais en eux ne put changer.

Muse, qui jusqu'ici de ta main tutélaire
As daigné soutenir ma marche téméraire,
Dis-moi quel est le nom de ce fameux guerrier
Dont le cheval ardent bondit sous l'étrier ;
Son corps, enveloppé d'une épaisse cuirasse,
Sous ce manteau de fer se déploie avec grâce,
D'un sceau de majesté son front est rayonnant ;
Le timbre de sa voix est sublime et tonnant.
Les ornements d'un roi ne parent point sa tête,
Mais il va partager la gloire ou la défaite
De ce vaillant héros qui vient de soulever
Une armée innombrable et prête à tout braver.
Sur le sort de Clotilde il a veillé lui-même,
Jusqu'au jour où sur elle a lui ce diadème
Qui devait convier à d'étranges liens
Les dieux du paganisme et celui des Chrétiens,
Elle est encore l'objet de sa sollicitude.
Aussi pour ses bienfaits rempli de gratitude,
Tout défenseur du Christ, tout athée ou payen,
Prononce avec respect le nom d'Aurélien.
De nombreux cavaliers, légers sous leurs cuirasses,
N'attendent qu'un seul mot, pour voler sur ses traces;
Dans leurs bras vigoureux leurs dards sont hérissés,
Sur les yeux de Clovis, leurs regards sont fixés.
Pareille à l'ouragan, qui foudroie et qui tonne,
Sa voix se fait entendre, elle éclate, elle ordonne.
De généreux élans son cœur est transporté ;
Par son coursier fougueux sur le sol emporté

Il s'avance, accueilli par des cris d'allégresse,
Dont le touchant écho se prolonge sans cesse.
Ses braves généraux, charmés de son aspect,
Le suivent pénétrés de joie et de respect.
Les ornements royaux sur son front étincellent;
Les diamants et l'or sur ses habits ruissellent;
Son pied est soutenu par un riche étrier,
Son corps est entouré d'un brillant baudrier
Qui, supportant le poids d'une éclatante armure,
Rehausse la splendeur de sa haute stature;
Dans ses yeux rayonnants de grâce et de fierté,
Luit un rayon de calme et de sérénité.
Pareil à cet époux qui, pour un jour de fête
De guirlandes et de fleurs a couronné sa tête;
De précieux bijoux il a paré son front,
Vierge jusqu'à ce jour d'un stygmate d'affront.
Clotilde est près de lui, ses ornements de reine
Sont devenus pour elle une parure vaine.
Imitant des Gaulois les transports belliqueux,
Elle veut triompher ou mourir avec eux;
Prête à manifester sous ses habits de femme
Ce courage éclatant, digne d'une grande âme.
Son pied souple et léger presse les flancs fumants
D'une noire cavale, aux naseaux écumants.
Ses longs cheveux, tombant en boucles ondoyantes,
Effleurent de son sein les formes élégantes,
Et viennent caresser un Christ que chaque jour
Ses deux mains sur son cœur pressent avec amour.

Tout, dans ses mouvements est harmonie et grâce;
Une écharpe légère autour d'elle s'enlace,
Et se déploie au gré du zéphyr amoureux,
Qui glissant doucement dans les replis soyeux,
Fait onduler les pans d'une riche mantille.
Un glaive au pommeau d'or à ses côtés scintille;
C'est l'arme par laquelle, à la voix de son Dieu
Elle s'avancera triomphante en tout lieu.
Car ce Dieu dont la crainte est son unique égide
Sera dès aujourd'hui, son défenseur, son guide.
Lui-même émoussera les traits, que l'ennemi
Sur elle lancera de son bras affermi.
Ardente à tout braver, elle serait heureuse
De mourir au combat d'une mort glorieuse.
Mais le ciel la destine à survivre au trépas
Où devront succomber des milliers de soldats,
Afin que, partageant la joie et la victoire
De son époux couvert d'une immortelle gloire,
Elle puisse avec lui, dans une douce paix,
Célébrer du Seigneur les éclatants bienfaits.

CHANT XII.

Le prince des démons, du fond de son abîme,
Attachait constamment les yeux sur sa victime
Qui, pour se préserver d'un destin odieux,
Portait sur les Teutons ses pas audacieux.
Il voyait les Gaulois, à la voix d'une femme,
Montrer une valeur digne d'une grande âme,
Et prêts à renverser les autels de ses dieux
Dont le règne aurait dû seul s'étendre en tous lieux.
Le héros qu'il avait choisi pour sa vengeance
Était en ce moment son unique espérance,
Et pourtant cette ardeur, ce courage puissants,
En face du danger s'en allaient décroissants.
Ses soldats à pas lents marchaient à la victoire
Et semblaient devenir moins avides de gloire.
Ils croyaient que l'éclat dont ils étaient couverts
Devait survivre à tout, et grandir sans revers.

Clovis avec ses Francs sur eux est prêt à fondre!
Par la voix des combats sa voix va leur répondre.
Sa phalange s'avance ainsi qu'un élément,
Que l'enfer ne pourra qu'arrêter vainement.
Satan est animé d'une rage profonde;
Il voudrait d'un regard incendier le monde
Afin d'envelopper l'œuvre et son créateur
Dans les débris obscurs d'un chaos destructeur.
Mais dans tous les projets, dont son esprit abonde,
Rien ne peut seconder sa puissance inféconde.
L'ambition, l'orgueil, comme un affreux vautour,
Se disputant son cœur, le rongent tour à tour.
La mort qui pourrait mettre un terme à sa souffrance
Se plaît à prolonger sa pénible existence.
Le passé n'a pour lui qu'un amer souvenir,
Mais pourtant il espère encore en l'avenir;
Des succès des Teutons son salut peut dépendre;
Sa voix à Germanus n'a qu'à se faire entendre,
Et les maux dont l'Enfer et lui sont menacés
Peut-être sur Clovis tomberont amassés.
Les esprits infernaux, soutiens de sa couronne,
Sont par lui réunis à côté de son trône;
Saluant leur regard d'un regard gracieux,
Il leur exprime ainsi ses désirs et ses vœux:
« Vous qui, depuis longtemps, dans ces sombres demeures
« D'un supplice éternel voyez passer les heures;
« L'espoir que dans vous tous, autrefois, j'ai fondé
« Vous l'avez jusqu'ici dignement secondé.

« Aussi, l'heureux moment de notre délivrance
« Sera toujours l'objet de ma persévérance.
« L'Éternel, qui se rit de mon faible pouvoir,
« Ne pourra désormais jamais plus m'émouvoir.
« Au temps, qui détruit tout, je lègue ma vengeance
« Et lui laisse le soin d'écraser sa puissance.
« Je lui susciterai des ennemis cruels
« Qui, vainqueurs ou vaincus, briseront ses autels.
« Leurs mains achèveront ce que j'aurais dû faire
« Si le sort des combats m'avait été prospère;
« La honte et le mépris dont nous sommes couverts
« Ont dû jusqu'à ce jour étonner l'univers,
« Qui loin de soulever le poids qui nous accable,
« Fait renaître du Christ le règne détestable.
« Ces rois dont le secours m'avait été promis
« Sont devenus pour moi de cruels ennemis;
« Leurs peuples, de nos dieux abolissant le culte,
« Lancent sur leurs autels l'anathème et l'insulte.
« Celui que j'ai choisi pour battre les Gaulois
« Entre tous est resté seul fidèle à nos lois.
« Jusqu'ici ses soldats à ses ordres dociles
« N'ont eu qu'à surmonter des obstacles faciles.
« Sigebert, devant eux s'est avoué vaincu,
« A la honte de tous seul il a survécu,
« Pour vivre lentement d'une longue agonie
« Et voir devant ses pieds sa couronne ternie;
« Mes foudres sur son front sont tombés à demi,
« Clovis, le roi des Francs, voilà mon ennemi!

« Je l'abhorre, et le voue à ma haine éternelle.
« Ses troupes, que sa voix dans les combats appelle,
« Pressent avec bonheur ce poignard assassin
« Que je voudrais pouvoir diriger sur leur sein,
« Comme un torrent grossi par les eaux des orages,
« Et prêt à s'annoncer par d'horribles ravages,
« Sur les rives du Rhin elles portent leurs pas.
« Les dangers et la mort ne les émeuvent pas.
« Ah! si ma voix pouvait commander à la terre,
« Je les écraserais du poids de ma colère,
« Leurs jours seraient en proie à ces maux violents
« Qui sur mon front ridé pèsent depuis mille ans,
« Je les vois, et ne puis dans ma rage inféconde
« Suspendre ou détourner leur marche vagabonde.
« Mes autels seront-ils foulés impunément!
« Germanus aura-t-il travaillé vainement
« A relever l'éclat de ma gloire affaiblie?
« Non, que ma volonté par lui soit accomplie,
« Qu'il soit cet instrument dont je dois me servir
« Pour écraser les rois qui voudraient m'asservir.
« Des revers de Clovis nos succès vont dépendre ;
« Son pouvoir s'enfuira comme au vent fuit la cendre,
« Pourvu que Germanus, fidèle à son serment,
« Accomplisse mes vœux jusqu'au dernier moment.
« Il nous convient à nous de lui montrer la voie
« Par laquelle il pourra s'élancer sur sa proie.
« Votre sort et le mien déposés dans ses mains,
« De la terre et du ciel changeront les destins.

« Lui seul est ce vaisseau qui, battu par l'orage,
« Peut-être sortira triomphant du naufrage ;
« Soyons pour lui ce phare auquel les matelots,
« Sourient en affrontant la colère des flots,
« Afin que sans écueils, et fort de ma doctrine,
« Il atteigne le but auquel je le destine. »
Il dit, et les démons, de leurs transports joyeux,
Ébranlent de l'enfer les antres ténébreux.
Semblables à ces fleurs dont les superbes têtes,
Après avoir fléchi sous le vent des tempêtes,
Reprennent leur éclat et se dressent soudain
Sous le souffle embaumé des brises du matin;
Ils ouvrent de nouveau leur cœur à l'espérance,
Un seul de ses rayons a calmé leur souffrance ;
A la voix de leur chef ils se sont ranimés,
L'étincelle jaillit de leurs yeux enflammés;
Ils sont moins oppressés sous leurs chaînes pesantes,
Les douleurs de l'enfer leur semblent moins cuisantes;
Ils jurent à leur roi, dans un cri solennel,
De frapper les Gaulois d'un mépris éternel.
Satan compte en ce jour des défenseurs fidèles ;
Ses anges, à sa voix, ont déployé leurs ailes;
Tout pour le seconder est prêt en ce moment,
L'enfer entier prend part à son ressentiment.

CHANT XIII.

L'astre du jour, fuyant derrière les nuages,
Par un dernier rayon saluait les rivages
Du Rhin, qui s'éclipsait sous ses épais roseaux,
Et semblait se bercer au doux bruit de ses eaux.
Les ombres de la nuit, s'approchant de la terre,
Enveloppaient son front de calme et de mystère.
Comme autant de flambeaux avec art suspendus,
Dans la plaine des airs les astres répandus,
Prodiguant aux mortels leur clarté bienfaisante,
Saluaient le retour de la lune naissante,
Qui mirait dans les cieux son visage argentin,
Et montait lentement à l'horizon lointain.
Au sein du Créateur la nature endormie
S'enivrait à la fois de bruit et d'harmonie.
Déjà, de loin en loin, à ces bruits ravissants,
Le clairon mariait ses sons retentissants;

A sa voix, les Gaulois réveillant leur courage,
S'élançaient pour sauver leur sol de l'esclavage ;
Leur phalange, marchant comme un épais rempart,
Et cherchant l'ennemi d'un avide regard,
Ne pouvait contenir la vive impatience
Que lui dictait le cri d'une juste vengeance.
Mais, tout à coup, Clovis sur son coursier bondit,
Des clameurs des Teutons l'espace retentit ;
Leurs cœurs sont transportés d'une rage infernale,
Leur espoir est profond, leur joie est sans égale.
Comme des voyageurs errans et sans abris,
Après avoir été, par l'orage surpris,
Sourient en découvrant un village fertile ;
De même, frémissants, égarés, sans asile,
Ils s'arrêtent, joyeux, et sont prêts à braver
Les maux qui, dans ce jour, pourraient les entraver.
Dans leurs bras vigoureux les flèches sont tendues,
Et sont, avec adresse, au lointain répandues ;
D'un défi solennel ce digne avant-coureur
Augmente des Gaulois l'éclatante fureur.
Soudain, de mille traits, la plaine est hérissée ;
Un bruit, comme celui d'une mer courroucée,
Sur les ailes des vents s'élève avec fracas.
A la voix de Clovis, qui s'avance à grands pas,
Les Gaulois ont acquis une force nouvelle ;
Son front est rayonnant, son regard étincelle.
Il dit, et brandissant son glaive dans sa main,
Dans les rangs ennemis il se fraie un chemin ;

Ses courageux soldats, légers sous leurs cuirasses,
Le suivent empressés de marcher sur ses traces.
Le fer croise le fer, et du milieu des rangs,
Un sang fumant et noir s'échappe par torrents ;
Sans proférer un cri, les victimes succombent ;
Les blessés, pour mourir, se dressent et retombent ;
Leurs restes haletants, foulés avec mépris,
D'un combat assassin semblent être le prix.
Souvent un moissonneur, penché sur sa faucille,
Admirant les trésors d'une moisson fertile,
Voit tomber à ses pieds un orage éclatant ;
Le fruit de ses labeurs détruit en un instant
Fait naître dans son cœur une douleur profonde ;
Pour lui plus d'avenir où son espoir se fonde,
Si le ciel, que jamais on implore à demi,
Ne donne à sa raison l'instinct de la fourmi,
Qui meurt ayant vécu d'une vie écoulée
A relever vingt fois sa demeure écroulée.
De même Germanus, sur son glaive appuyé,
Poursuit ses ennemis d'un regard effrayé ;
En vain à ses soldats sa voix se fait entendre,
Ils fuient leurs étendards qu'ils auraient dû défendre ;
L'espoir de triompher pour lui paraît perdu,
Sur son coursier fougueux, il s'élance éperdu,
Et fier de dérober son nom à l'infamie,
Seul il soutient le choc de l'armée ennemie ;
Mille traits sur ses pas, dirigés par essaim,
Viennent, pour s'émousser, rebondir sur son sein.

Le trépas, par ses mains vole, frappe et renverse ;
Moins nombreux sont les flots que l'ouragan disperse,
Lorsque sur l'océan il gronde avec fureur ;
Ses ennemis tremblants, le voient avec horreur,
Ce n'est plus un mortel, c'est un dieu redoutable,
Qui vient pour châtier une race coupable.
Au bruit de ses exploits, ses soldats ranimés,
D'une nouvelle ardeur paraissent enflammés ;
Prêts à laver l'affront de leur honteuse fuite,
Ils s'approchent de lui pour combattre à sa suite,
Et sur leurs étendards ils jurent hautement
De ne plus les quitter jusqu'au dernier moment.
Cependant les Gaulois, harrassés, hors d'haleine,
De ce combat sanglant abandonnaient l'arène ;
Un cri de désespoir avait troublé leurs rangs,
Comme un troupeau, chassé par des loups dévorants,
Ils fuyaient en laissant à des temps plus prospères
Le moment d'expulser l'ennemi de leurs terres ;
Mais, pour eux, les dangers devenaient imminents ;
Les Teutons, poursuivant leurs progrès étonnants,
Ne pouvaient contenir l'irrésistible envie
De voir entièrement leur vengeance assouvie ;
Il leur fallait encore du sang pour apaiser
Cette soif qui jamais ne pouvait s'épuiser ;
Aussi, n'écoutant plus que leur mâle courage,
Sur les rangs ennemis ils fondent avec rage.
Germanus, au massacre excitant ses soldats,
S'avance le premier au-devant du trépas,

Et voit soudain Clovis apparaître à sa vue,
Moins vifs sont deux éclairs, lorsque, fendant la nue,
Ils volent l'un sur l'autre aidés par l'aquilon,
En traçant autour d'eux un lumineux sillon.
Un sceau de majesté brille sur leur visage,
Le front des combattants s'incline à leur passage;
Tous les bras sont levés, tous les arcs sont tendus,
Sur les cœurs palpitants, les traits sont suspendus;
Les yeux sont rayonnants et couvent avec joie
Le moment et la place où tombera leur proie.
Un silence glacé de tous côtés s'étend;
La mort a suspendu ses coups pour un instant,
Afin de mieux frapper, de sa main redoutable,
Ceux dont elle a fixé l'arrêt inévitable.
Germanus, transporté d'un orgueil sans égal,
Avec un air hautain aborde son rival;
Sa voix, comme un écho, se perdant dans l'espace,
Ou comme un flot qui fuit sans laisser une trace,
Se fait entendre en vain à Clovis indigné.
A mourir en héros Clovis est résigné,
Il presse son coursier, et sa terrible épée
Du sang de Germanus allait être trempée;
Lorsque ses ennemis, redoublant de fureur,
Et bannissant loin d'eux une folle terreur,
Tombent à ses côtés plus légers que la foudre;
Le sol tremble, frémit et semble se dissoudre.
Les Gaulois, accourus à la voix de leur roi,
Et jurant de marcher sous une même loi,

En face du danger redoublent de bravoure ;
Mais Germanus est là, sa phalange l'entoure,
Rien ne peut l'émouvoir, rien ne peut comprimer
Ce torrent destructeur où tout vient s'abîmer.
Pour elle, tout obstacle est devenu facile,
Le trépas est pour elle un instrument docile,
Qu'elle meut à son gré pour frapper les humains ;
Il vole, siffle, frappe, et lancé par ses mains,
Il chasse les Gaulois comme une vile ivraie
Qui, flottant dans les airs, à l'ouragan livrée,
Se disperse, se brise et roule ses débris
Sur un sol où le pied les foule avec mépris.
Sur le champ de bataille, à longs flots, leur sang coule;
Tous les maux déchaînés sur eux tombent en foule;
Ils voient leurs ennemis, maîtres de ces drapeaux,
Qui, montrant à leurs yeux leurs glorieux lambeaux,
Les suivaient autrefois au chemin de la gloire,
Chaque instant leur ravit l'espoir de la victoire,
Leurs bras ne peuvent plus seconder leurs efforts ;
Ce ne sont plus ces Francs indomptables et forts,
Joyeux en un combat comme en un jour de fête,
C'est une nation touchant à sa défaite,
C'est un peuple orgueilleux, cédant en ce moment
Au caprice d'un Dieu redoutable et clément.

CHANT XIV.

Clovis, s'abandonnant à sa douleur amère,
Ne pouvait contenir le poids de sa colère.
Son cœur était en proie à ces maux dévorants
Qui viennent mettre un frein à l'orgueil des tyrans,
Lorsque, méconnaissant la sagesse profonde
Du roi qui règne seul sur tous les rois du monde,
Ils tombent, entraînés par leur impiété,
Sous le sceau foudroyant de la fatalité.
D'un bras mystérieux la terrible influence,
Éclatait sur son front dans toute sa puissance,
Il voyait ses soldats, traîtres à leur serment,
En face du danger fuir honteusement,
Emportant avec eux la tache ineffaçable
Qu'imprimait à leur nom la chute inévitable,
D'un trône s'écroulant à côté d'un cercueil
Prêt à se refermer sur leur patrie en deuil.

Et sa voix ne trouvait nul écho dans leur âme,
Elle avait épuisé ces paroles de flamme
Qui jamais au combat ne tonnant vainement
Faisaient de son armée un terrible élément.
Seul, dans son agonie, appuyé sur son glaive,
Il voyait devant lui s'éclipser comme un rêve,
Qui ne laisse en passant qu'un vague souvenir,
Un passé glorieux, un funeste avenir.
Comme un condor altier dépouillé de ses ailes
S'attriste en découvrant les voûtes éternelles
Vers lesquelles jadis il prenait son essor,
Il cherche, mais en vain, à s'élancer encor
Sur ces monts escarpés, où planant sur son aire
Il bravait la fureur des vents et du tonnerre ;
De même, poursuivi par un cruel destin,
Clovis sous le malheur penchait son front hautain,
Il semblait ne survivre à cette nuit horrible
Que pour le couronner par sa chute terrible.
De son cœur attristé tout espoir avait fui,
Ses humides regards, errants autour de lui
Et montant vers les cieux comme vers un abîme,
Cherchaient à découvrir dans leur page sublime
Le bras étincelant du génie irrité
Qui le frappait du sceau de la calamité,
Il appelait à lui, d'une voix affaiblie,
Le moment qui devait l'arracher à la vie ;
Mais la mort était loin d'accourir à sa voix.
De ses fiers ennemis il voyait les exploits,

Et pour les arrêter sa puissance était vaine.
Ses soldats s'enfuyaient comme au vent fuit la graine
Lorsque le laboureur, chassé de son sillon,
La livre à la merci d'un fougueux tourbillon.
Sa bouche s'entr'ouvrait pour lancer le blasphème
Sur les dieux qui vouaient ses jours à l'anathème ;
Et son cœur bondissait dans son corps frémissant.
Brandissant dans ses mains son glaive menaçant,
Aux traits des ennemis il tendait sa poitrine.
A la faible lueur de la lune argentine
Ses yeux auraient voulu découvrir, mais en vain,
Celle que maintes fois il pressa sur son sein ;
Lorsque la revoyant après une victoire
Ils s'asseyaient tous deux au banquet de la gloire.
A ses amères pleurs laissant un libre cours,
Il suppliait le ciel de veiller sur les jours
De Clotilde mourant pour venger sa patrie.
Il lui semblait la voir insultée et flétrie,
Tomber en prononçant dans un dernier adieu
Le nom de son époux et le nom de son Dieu ;
Et sa voix empruntait l'accent de la prière,
Son visage incliné sur une froide pierre
D'une ardente sueur ruisselait à longs flots ;
Son repentir touchant s'exhalait en ces mots :
« Toi, dont j'ai méconnu la divine puissance,
« Et qui tiens dans tes mains la force et la clémence,
« Des rois de l'univers toi seul es le vrai Roi !
« Prends pitié de mes maux, daigne jeter sur moi

« Ce regard bienveillant, où mon âme affaiblie
« Puisera les trésors d'une nouvelle vie.
« Contre mes ennemis sois mon ferme soutien,
« Et leur dieu désormais ne sera plus le mien.
« Loin de m'abandonner à des cultes frivoles,
« Je t'offrirai l'encens que j'offrais aux idoles.
« Leurs autels, devenus l'objet de ma fureur,
« Ne seront plus pour moi qu'un spectacle d'horreur ;
« Je les renverserai pour que sur leurs ruines
« De l'arbre de ta croix s'élèvent les racines. »
Il dit, et tout à coup, une douce clarté
De la voûte des cieux remplit l'immensité.
Un bruit plus menaçant que la voix du tonnerre
Sur les ailes des vents s'approcha de la terre,
Et fit ouïr ces mots à Clovis repentant :
« Lève toi, pour marcher où la gloire t'attend,
« Je suis le Dieu puissant qui frappe et qui pardonne.
« Les cieux sont mon palais, l'univers est mon trône,
« Les rois sont mes sujets, et je puis de leurs jours
« Interrompre, suspendre, ou prolonger le cours.
« C'est moi qui donne l'âme à tout ce qui respire,
« Je fais sortir un roi des débris d'un empire.
« J'embrasse le présent, le passé, l'avenir ;
« Mon nom seul doit survivre aux siècles à venir.
« Du destin des humains je tiens l'urne fatale,
« Je trace des vainqueurs la marche triomphale,
« En leur donnant parfois ces terribles leçons,
« Qui servent à jamais d'exemple aux nations.

« Va, mon fils, qu'en ce jour le bonheur te sourie,
« Tu reverras bientôt ton épouse chérie ;
« Prends ton épée et va combattre à ses côtés ;
« Tes cruels ennemis par toi seront domptés,
« Et ton front rayonnant de la pourpre royale
« Empruntera de moi sa splendeur sans égale ! »
L'esclave, le lion, dont on brise les fers,
Le pilote égaré sur de lointaines mers,
Et voyant scintiller un astre tutélaire,
L'aveugle, dont les yeux s'ouvrent à la lumière,
Une mère rendue à ses enfants ravis,
Sont moins vifs, moins émus que ne l'était Clovis.
De crainte et de respect son âme transportée,
Vers un monde idéal semblait être emportée ;
Il écoutait toujours, tout bruit avait cessé,
La nuit avait repris son silence glacé.

CHANT XV.

Les Gaulois, exilés sur leur terre natale,
Expiaient des Teutons la vengeance brutale ;
Contre leurs ennemis s'élançant noblement,
Ils bravaient le trépas jusqu'au dernier moment ;
Le désespoir avait ranimé leur vaillance,
Accablés par le nombre, ils tombaient en silence,
N'étant point assez forts pour sauver du danger
Leur pays gémissant sous un sceptre étranger.
Sigebert, dégagé de ses pesantes chaînes,
De son noble coursier tenait encore les rênes,
Et s'efforçait en vain d'arrêter le torrent
Qui, sur le sol gaulois, roulait en murmurant.
Ses soldats disposés à venger leur offense,
Sous un fer assassin succombaient sans défense ;
Leurs traits sur les Teutons s'envolaient émoussés,
Et par ces mêmes traits mortellement blessés,

Ils maudissaient la main secrète et foudroyante
Qui, loin de délivrer leur patrie expirante,
La laissait s'abreuver de ce sang généreux
Dont elle avait doté ses enfants valeureux.
De morts et de mourants la terre était jonchée,
L'herbe que, dans un champ, la faucille a tranchée,
Les grains qu'un laboureur répand dans ses sillons,
Les feuilles dont l'automne encombre les vallons,
Tombent moins lentement, ont un aspect moins sombre
Que ce sol hérissé de cadavres sans nombre.
La déesse des nuits, de son pâle flambeau,
Éclairait les horreurs de ce vaste tombeau ;
Sigebert, seul parmi ces fantômes livides,
Poursuivait son rival de ses regards avides,
Et brûlait de mourir d'un trépas glorieux,
Avant de l'avoir vu sur lui victorieux.
Il allait s'élancer sur l'armée ennemie,
Lorsqu'un trait, échappé d'une main affermie,
Le renverse soudain sous son coursier fougueux ;
Son cœur est enflammé d'un transport belliqueux ;
Il saisit son épée, et plus prompt qu'un orage,
Dans les rangs des Teutons il se fraie un passage ;
Il palpite et bondit à la voix de l'honneur ;
Son épée est pour lui la faux du moissonneur
Qui, voyant à ses pieds des moissons abondantes,
Brave un ciel orageux et des chaleurs ardentes,
Afin de couronner ses pénibles travaux
Par des jours consacrés aux douceurs du repos.

Il frappe, et tout fléchit sous son fer redoutable,
Pour son bras il n'est plus d'écueil insurmontable ;
En vain de mille maux son front est menacé ;
Comme un trait, dont le but est d'avance tracé,
Il s'avance et ne voit que l'instant et la place
Où, tenant Germanus corps à corps, face à face,
Il pourra triompher ou mourir près de lui.
A ses yeux courroucés son œil farouche a lui,
Pour l'atteindre il n'a plus qu'un léger intervalle,
Mais Germanus, pressant les flancs de sa cavale,
Aussi prompt que l'éclair s'enfuit épouvanté.
Les soldats de Clovis, rayonnants de fierté,
Et proclamant d'un Dieu la bonté tutélaire,
Ont de leur froid tombeau secoué la poussière,
Ils sont prêts à combattre, et leurs joyeux transports
S'élèvent jusqu'aux cieux en de mâles accords ;
Leur corps est animé d'une nouvelle vie,
Par la voix de leur roi, la gloire les convie
A délivrer d'un joug oppresseur et cruel,
Leur pays qu'ont sauvé les mains de l'Éternel.
Les rayons bienfaisants du soleil, roi du monde,
Dissipant de la nuit l'obscurité profonde,
Inondaient de leurs feux les bataillons gaulois,
Brûlant de s'illustrer par de brillants exploits,
Et voyant arriver avec impatience,
Le moment qui devait hâter leur délivrance.
Tout à coup, le clairon aux sons retentissants,
Invite les Gaulois, par ses rauques accents,

A fondre sur l'armée insensée et perfide
Qui, servant de son roi l'ambition avide,
Craignait le châtiment terrible et mérité
Que le sort préparait à sa témérité.
Germanus, à ses pieds, voit tomber et s'éteindre
Ces héros que la mort ne put jamais atteindre ;
Mais pour lui tout espoir n'est pas encore perdu,
Le sang de ses soldats n'est pas tout répandu ;
Un seul geste, un seul mot, enflammant leur bravoure,
Peut leur faire affronter l'écueil qui les entoure.
Lui-même, bannissant un trouble passager,
S'avance le premier au-devant du danger ;
Ses soldats, empressés de seconder son zèle,
Se transportent partout où sa voix les appelle,
Et lui font le serment de ne l'abandonner
Qu'à l'heure où le trépas viendra les moissonner ;
Mais cette heure, pour eux, était presque arrivée :
Déjà, comme une mer par le vent soulevée,
La phalange gauloise, ardente, l'œil en feu,
De Clovis et du Ciel réalisant le vœu,
Couvrait de Tolbiac les spacieuses plaines.
Germanus, poursuivant ses espérances vaines,
Appelle auprès de lui ses soldats dispersés,
D'un réseau destructeur il les voit enlacés,
Sa gloire et son honneur avec eux vont s'éteindre,
De leur sang généreux il voit le sol se teindre.
Il frémit, et suivant ses transports belliqueux,
Plus rapide qu'un trait il tombe au milieu d'eux.

Rien ne peut l'arrêter dans sa marche légère,
Ses yeux sont rayonnants d'un éclair de colère;
Il frappe, et dans ses mains son glaive est impuissant;
L'orage qui l'entoure est terrible et croissant;
Près de lui, le trépas vole, siffle, moissonne;
Ses soldats, plus nombreux que les feuilles d'automne,
Tombent à ses côtés; leurs restes palpitants
Sont foulés sous les pieds des chevaux haletants.
A ce drame sanglant son courage chancelle,
Une ardente sueur sur ses membres ruisselle,
Il voudrait éviter le trépas qui l'attend,
Et qui de toutes parts autour de lui s'étend.
Inutiles efforts, son dernier jour s'avance;
Son âme est à jamais fermée à l'espérance,
Il ne lui reste plus qu'à mourir noblement,
Son cœur est de vingt traits frappé mortellement.
La mort, qui devant lui sans cesse se présente,
Ne fait que redoubler sa fureur éclatante;
Il écume, il rugit, et de ses pieds tremblants,
De sa jument fougueuse il agite les flancs.
L'éclair n'est pas plus prompt lorsque, fendant la nue
Il s'élance à travers une sphère inconnue,
Et tombe en se brisant sur un roc escarpé,
Que la foudre et les vents ont vainement frappé;
Ses yeux étincelants roulent dans leur orbite,
Il bondit, et son sang dans ses veines s'agite;
Sa vie est condamnée, aussi veut-il encor
A son ressentiment laisser un libre essor;

Il voit ses ennemis et cherche à les atteindre,
Il voudrait de leur sang voir son glaive se teindre;
Mais son bras s'affaiblit, son regard pâlissant,
Lançant sur les Gaulois un éclair menaçant,
Se contracte et s'éteint. De profondes ténèbres
Enveloppent son front de leurs voiles funèbres.
Il tombe et se débat dans les bras de la mort;
Son âme s'exhalant dans un dernier effort,
De son étroit espace avait brisé la fange.
Ainsi s'accomplissait la destinée étrange
D'un peuple dévoré par cette ambition,
Que l'enfer lui donna pour sa destruction :

CHANT XVI.

Gaule, réjouis-toi, que tes divins cantiques
Du céleste séjour ébranlent les portiques !
Tes soldats, dans tes murs reviennent triomphants.
Tu fus assez longtemps veuve de tes enfants ;
Ils ont été sauvés par une main divine ;
L'emblème du vrai Dieu brille sur leur poitrine.
Que ton sein maternel, pour fêter leur retour,
Dans cet heureux moment s'entr'ouvre avec amour,
Et bénisse du ciel la sagesse profonde,
Qui te rend à jamais la maîtresse du monde !
Prêtres de l'Éternel, ministres du vrai Dieu,
Vierges, qui gémissez à l'ombre du saint lieu,
Suspendez un instant vos pleurs et vos prières,
De la religion arborez les bannières.
Levez-vous, paraissez ! votre ami, votre roi,
S'avance rayonnant du flambeau de la foi.

Et toi, cité de Reims, tressaillis d'allégresse ;
Sparte, fête ton roi rentrant vainqueur en Grèce !
Répands sur son chemin des parfums et des fleurs ;
Que les rubis, à l'or mariant leurs couleurs,
Entourent les autels de la nef centenaire,
Où se mêlant parfois à la voix du tonnerre,
L'airain sacré résonne et monte dans les airs,
Ainsi qu'un luth vibrant au sein de l'univers.
Vois ces fameux héros à l'âme généreuse,
Ils ont bravé les flots d'une mer orageuse ;
Des ennemis cruels devant eux ont fléchi ;
D'un détestable joug Clovis s'est affranchi.
Le Dieu dont il bravait l'influence secrète
A détourné les maux qui planaient sur sa tête.
Aussi, s'empresse-t-il d'accourir radieux
Dans le temple du roi de la terre et des cieux,
Pour se purifier à cette eau salutaire,
Qu'une main sur nos fronts répand avec mystère.
Son cœur est palpitant d'allégresse et d'amour,
Son regard est plus pur que la clarté du jour ;
Ce n'est plus ce vainqueur, relevant les idoles
D'un peuple se livrant à des cultes frivoles :
C'est un enfant du Christ, c'est un roi repentant,
Qui donne à l'univers un exemple éclatant ;
C'est un berger errant sur de lointaines rives,
Qui ramène au bercail ses brebis fugitives.
De trois mille soldats il est environné ;
Sur les parvis sacrés, humblement prosterné,

Il murmure tout bas ces prières sublimes,
Qui font trembler l'enfer jusque dans ses abîmes.
Jamais un jour plus beau sous les cieux n'aura lui.
Ses fidèles soldats, inclinés près de lui,
Répandent à longs flots ces pleurs, qui de leur âme
Tombent avec respect comme un pieux dictame.
Un silence profond règne dans le saint lieu,
Tout semble y révéler la présence d'un Dieu,
Qui descend parmi nous, se fait homme, s'abaisse,
Afin de soutenir l'homme dans sa faiblesse.
L'archevêque se lève, et sa tremblante voix,
Qui dans l'auguste nef retentit maintes fois,
Du Seigneur d'Israël entonne les louanges.
Mille accords, aussi purs que la voix des archanges,
Résonnent tout à coup ; un hymne solennel
S'élève, en grandissant, aux pieds de l'Éternel.
Douze vierges, au front gracieux et candide,
Précèdent saint Rémi dans sa marche rapide ;
Leurs mains sur les parvis répandent par essaim
Les parfums et les fleurs échappés de leur sein.
Clotilde les conduit, sa parure élégante,
Efface d'un beau lis la blancheur éclatante ;
Un voile de son front est le seul ornement ;
Ses regards sur Clovis sont tournés constamment ;
Elle le voit presser sur sa lèvre enflammée
De l'arbre de la croix l'image bien-aimée ;
Vers les fonts baptismaux il dirige ses pas,
C'est là qu'à ses enfants l'Éternel tend les bras.

L'archevêque est pour eux, dans cette auguste enceinte,
L'organe vénéré de sa volonté sainte.
Aimer et pardonner, tels sont les vœux constants
Auxquels sa mission appelle ses instants.
Ce n'est plus ce ministre à la voix redoutable,
Déplorant les malheurs d'une race coupable,
Son âme s'abandonne à ces transports joyeux,
Qui nous font oublier la terre pour les cieux,
Sa voix, fidèle écho de la parole sainte,
De la modeste nef charme et remplit l'enceinte.
S'approchant de Clovis, il répand sur son front
Cette eau qui du péché nous dérobe l'affront.
Ses soldats, empressés de marcher sur sa voie,
Auprès de l'archevêque accourent avec joie,
Afin de cimenter ce pacte solennel,
Qui doit les rappeler au sein de l'Eternel ;
S'inclinant tour à tour sur les dalles du temple,
Et donnant à la terre un immortel exemple,
Ils reçoivent aux pieds des autels du Seigneur
Ce présage assuré de paix et de bonheur,
Qui transporte les sens de leur âme ravie
En leur montrant le port d'une nouvelle vie.

ODE

A

NAPOLÉON III.

ODE A NAPOLÉON III.

Lorsque le monde entier est près de s'incliner
Devant ce haut éclat dont tu viens l'étonner,
Lorsque du Tibre au Rhin, du Danube à la Loire,
Tout redit tes bienfaits, tout tremble sous tes pas,
Le poète ne doit-il pas
Consacrer un chant à ta gloire ?

Honneur à ton génie étonnant et profond !
Penché sur un abîme, en orages fécond,
Le vaisseau de l'Etat touchait à sa défaite,
Battu par l'Aquilon, privé de matelots,
Il bravait vainement les flots,
Tu l'as sauvé de la tempête.

Majestueux il vogue à travers ces écueils
Qui s'ouvraient devant lui comme autant de cercueils;
Pour lui le ciel n'est plus nébuleux, sans étoiles,
Sur le sein courroucé de l'humide élément
Il se balance noblement,
Un vent léger enfle ses voiles.

Puisse-t-il désormais, loin des dissensions
Qui déchirent parfois le cœur des nations,
Trouver un port certain et des rives fertiles ;
Nos vœux précéderont son pilote en tous lieux,
Que la mer, la terre et les cieux,
A sa voix deviennent dociles !

France, réjouis-toi ! ta première grandeur
Va briller sur ton front dans toute sa splendeur ;
Reine de l'univers, sois orgueilleuse et fière,
Sous les coups de ton glaive, et redoutable et fort,
Les peuples indomptés du Nord
Inclineront leur tête altière.

Le soleil d'Austerlitz commence à rayonner;
Les foudres d'Iéna, d'Arcole vont tonner!
Des lauriers verdoyants fleurissent pour nos têtes,
La science devient la compagne des arts;
Le règne auguste des Césars
Reparaît avec ses conquêtes!

Hommage et gloire à toi, Louis-Napoléon,
D'un homme égal aux dieux illustre rejeton;
Le Seigneur t'a choisi pour calmer les misères
D'un peuple sans espoir, abattu, consterné,
Tu ne l'as point abandonné,
Reçois ses vœux et ses prières!

Bonaparte dans toi va revivre aujourd'hui,
Imite sa clémence et sois grand comme lui.
Le Dieu qui le guidait de sa main tutélaire,
L'a frappé sans pitié, de peur que les mortels
Ne lui ravissent ses autels;
Achève ce qu'il n'a pu faire.

Ton nom, qui doit survivre aux siècles à venir,
Eveille dans nos cœurs un touchant souvenir,
Il nous rappelle encor ces heures solennelles
Où nos braves soldats, volant au champ d'honneur,
Au cri de: Vive l'Empereur!
Cueillaient des palmes immortelles.

Ces temps vont revenir ! des triomphes nouveaux
Immortaliseront tes immenses travaux,
Retracés dans l'histoire en traits ineffaçables.
Déja notre aigle altier, dans son vol affermi,
Planant sur le sol ennemi,
Ouvre ses serres redoutables.

FIN.

PARIS. — Imprimerie de COSSE et J. DUMAINE,
Rue Christine, 2.